Orestéia I
Agamêmnon

Ésquilo

ORESTÉIA I

AGAMÊMNON

Estudo e tradução
Jaa Torrano

FAPESP   ILUMINURAS

Coleção Dionísias
Dirigida por Jaa Torrano

Copyright © 2004 da tradução e estudo
Jaa Torrano

Copyright © desta edição
Editora Iluminuras Ltda.

Capa:
Fê
Estúdio A garatuja amarela
sobre *Máscara de ouro do túmulo de Micenas*, considerada de Agamêmnon, século XVI a.C. Museu Nacional de Atenas.

Revisão
Jaa Torrano

Revisão, digitação bilíngüe
Ariadne Escobar Branco

Composição
Aristeu Escobar

CIP-BRASIL CATALOGAÇÃO NA FONTE
SINDICATO NACIONAL DOS EDITORES DE LIVROS, RJ

E81a
Ésquilo, 525-455 a.C.
   Agamêmnon
   / Ésquilo / estudo e tradução Jaa Torrano. – São Paulo : Iluminuras FAPESP, 2004 , 2. reimp. 2013
   . – (Coleção Dionisias)   (Orestéia : 1)

· Apêndice
Inclui bibliografia
ISBN 85-7321-204-7

1. Teatro grego (Literatura) .
I. Torrano, Jaa. II. Fundação de Amparo à Pesquisa do Estado de São Paulo. III. Título. IV. Título: Orestéia. V. Série

04-2526   CDD 882
                                CDU 821.14' 02-2

20.09.04   23.09.04   007703

ILUMI//URAS
desde 1987

Rua Salvador Corrêa, 119 | Aclimação | São Paulo, SP | Brasil
04109-070 | Telefone: 55 11 3031-6161
iluminuras@iluminuras.com.br
www.iluminuras.com.br

SUMÁRIO

Agradecimentos 9
Créditos 11

A Dialética Trágica na *Orestéia* de Ésquilo 13

SACRALIDADE E VIOLÊNCIA ESTUDO DE *AGAMÊMNON*
Jaa Torrano

Proêmio 17
A Vigilância Noturna 21
A Armada Ausente 23
O Auspício das Águias 27
O Hino a Zeus 31
O Jugo da Coerção 34
A Voz de Hefesto 39
O Grande Altar de Justiça 42
O Arauto 48
O Nome e o Nume 53
Vindo o Regressário Dia 58
O Vaticínio do Coração 67
O Diálogo com o Nume 69
Tirania ao rés do Visível 76
O Pacto com o Nume 78
O Tirano e sua Sombra 84
Mito e Dialética na Tragédia *Agamêmnon* de Ésquilo 85
Sinopse do Estudo da Tragédia *Agamêmnon* de Ésquilo .. 95

ÉSQUILO — *AGAMÊMNON*

Nota Editorial 102
As Personagens do Drama 103
Prólogo 105
Párodo Anapéstico 109

Párodo Lírico 113
Primeiro Episódio 123
Primeiro Estásimo 131
Segundo Episódio 139
Segundo Estásimo 153
Terceiro Episódio 159
Terceiro Estásimo 171
Quarto Episódio 175
Anapestos do Coro 197
Diálogo dos Coreutas 199
Quinto Episódio 201
Último Episódio 215

Referências Bibliográficas 222

AGRADECIMENTOS

Ignoto Deo, *por ser ignoto.*
Ao CNPq, pela bolsa Pesquisa,
que resultou neste estudo e tradução.

Aos preclaros mestres, pela sábia ciência.
Aos claros colegas, pelo claro colégio.
Aos caros alunos, pela hábil paciência.

Aos meus pais, pela douta doçura.
À amada senhora, pelo amado amor.
Aos meus filhos, pelos seus porvires.

Ao meu único irmão, por toda a fratria.
Aos queridos amigos, pelo amável convívio.
À bela filósofa imagem de Palas
pela nossa bela amizade.

Mas os mais fulminantes desagradecimentos
ao energúmeno que recitava o "Poema em Linha Reta"
trocando a primeira pela segunda e terceira pessoas.

CRÉDITOS

Partes e condensações parciais deste trabalho anteriormente foram publicados sob forma de artigos em periódicos, e em atas de congressos, a saber:

"Mito e violência na tragédia *Agamêmnon* de Ésquilo". *Letras Clássicas* (1), Humanitas, FFLCH-USP, 1997, pp. 29-37.

"Mito y violencia en la tragedia *Agamenón* de Esquilo". GONZÁLEZ DE TOBIA, Ana María (org.) *Una nueva visión de la cultura griega antigua en el fin del milenio*. La Plata: Universidad Nacional de La Plata, 2000, pp. 347-358.

"O Regressário Dia no Terceiro Episódio (Ésquilo, *Agamêmnon*, 785-957)". *Uniletras* (20), Universidade Estadual de Ponta Grossa, 1998, pp. 75-83.

"A Voz de Hefesto. Ésquilo, *Agamêmnon*, Primeiro Episódio." Boletim do CPA, 8/9. Campinas: Universidade de Campinas, 1999/2000, pp. 137-144.

"Mito e dialética na tragédia *Agamêmnon* de Ésquilo". BRASETE, Maria Fernanda (coord.). *Máscaras, vozes e gestos: nos caminhos do teatro clássico (IV Colóquio Clássico)*. Aveiro: Universidade de Aveiro, 2001, pp. 27-37.

A DIALÉTICA TRÁGICA
NA *ORESTÉIA* DE ÉSQUILO

Nesta trilogia de Ésquilo *Orestéia*, entrelaçam-se, confundem-se e distinguem-se quatro pontos de vista e quatro graus da verdade: o ponto de vista e o grau de verdade próprios dos Deuses, o dos *Daímones*, o dos Heróis e o dos homens cidadãos da cidade-estado. Nessa multiplicidade de pontos de vista e de graus da verdade, instaura-se a dialética trágica, pré-filosófica, que investiga o sentido humano, o sentido heróico e o sentido numinoso (pertinente ao *Daímon*, "Nume") da justiça divina dispensada por Zeus e partilhada pelos homens na *pólis*.

O estudo descreve o desenvolvimento da intriga destas três tragédias como a dialética entre diversos graus de conhecer, de ser e de verdade. A tradução visa dupla finalidade: 1) exemplificar concretamente a interpretação que neste estudo se propõe da trilogia *Orestéia*, tomada privilegiadamente como objeto paradigmático de uma teoria da tragédia; e 2) constituir a tradução metódica e sistemática da trilogia de Ésquilo, contemplando com uma visão totalizante o sistema de imagens e de noções míticas exposto na trilogia *Orestéia*. A tradução se diz metódica pela coerência de seus procedimentos, e se diz sistemática pela transposição das figuras mitopoéticas reiterativas ou inter-referentes e das noções e do movimento próprios ao pensamento mítico e político de Ésquilo.

O trabalho de tradução reproduz em versos livres vernáculos a dialética descrita neste estudo hermenêutico, e por isso a claridade da tradução aumenta e amplia-se com o desenvolvimento do estudo hermenêutico. Quais as palavras recorrentes com que se dizem as noções míticas mais importantes, e como criam seu sistema de inter-referências, só a diuturna cooperação do trabalho tradutório e do estudo hermenêutico pode indicar, descrever e fazer ver.

Além dessas exigências relativas ao vocabulário próprio do sistema de imagens e de noções míticas, observam-se ainda: 1) a exigência de que se tome o verso como unidade mínima básica constitutiva do poema dramático; 2) a de que se recorra ao verso livre como expediente para preservar o jogo entre as noções fundamentais próprias da cultura grega antiga e presentes no texto, reconhecendo o verso livre como o mais apto, dentro das possibilidades de nossas poéticas contemporâneas, para a transposição da riqueza rítmica e semântica do verso grego em português; e, por fim, 3) as exigências relativas ao respeito rigoroso pela índole do português falado no Brasil, de modo a obter-se a compreensão imediata dos versos traduzidos, com a eliminação de todas as variantes sintáticas e vocabulares que possam perturbar essa compreensão imediata do texto vernáculo quando dito em voz alta, se fosse possível tão reverente respeito ou tão perspicaz compreensão.

Essas quatro ordens de exigências, às quais a tradução busca atender, visam assegurar coerência, clareza e acribia à transposição, para a língua vernácula, desse sistema reiterativo e inter-referente de imagens e de noções míticas, presente em cada uma das três tragédias de Orestéia de Ésquilo.

Por outro lado, por mais que se multipliquem as garantias, não seríamos ainda incautas vítimas da ironia inerente às imagens em questão? Quem poderia eliminar necessidade e ambigüidade, e bani-las do império da imagem, sobretudo quando se tratam de imagens míticas do divino?

O estudo metódico e sistemático da trilogia de Ésquilo constitui uma rara oportunidade de observarmos, na ambigüidade dessas imagens, como a ironia a elas inerente pode afetar a nossa questão e o nosso estudo a respeito delas.

SACRALIDADE E VIOLÊNCIA
ESTUDO DE *AGAMÊMNON*

Jaa Torrano

Iò ié! *Por Zeus causador*
de tudo e de tudo autor!
O que sem Zeus se dá aos mortais?
O que não é pelo poder de Deus?
(A. 1485-8)

PROÊMIO

O ritualismo grego conheceu uma oposição, no vocabulário e nos procedimentos, entre o sacrifício oferecido aos Deuses Olímpios (o que se dizia *thýein*) e o aos Deuses Ctônios (o que se dizia *enagízein*). No *Agamêmnon* de Ésquilo, ambas as modalidades de sacrifícios se pervertem em crimes hediondos que se apresentam como sacrifícios: primeiro o assassínio de Ifigênia perpetrado por seu pai como uma imolação à Deusa Ártemis; depois, o regicídio executado por Clitemnestra, esposa do rei Agamêmnon, e por ela apresentado como sacrifício a Zeus Subterrâneo e às Erínies.

Que vínculos ligam esses crimes à experiência do sagrado de modo a tentar-se justificá-los? Em que consiste tão formidável experiência do sagrado, que se prende a crimes tão escabrosos? O texto de Ésquilo, que foi contemporâneo do esplendor intelectual e político de Atenas, poderia responder a essas questões?

Nessa tragédia de Ésquilo, o sacrifício de Ifigênia e o auspício que o prenuncia permanecem enigmáticos como um complexo problema hermenêutico a desafiar a argúcia dos estudiosos. O que o augúrio das águias leporívoras significa? Por que esse auspício marca o termo do recuo que o coro faz em sua evocação retrospectiva? O que a rigor quer dizer *epíphthonos*, termo que qualifica o aspecto sombrio e sinistro da Deusa Ártemis? Poderíamos aceitar a interpretação tradicional de léxicos e comentadores que o entendem como "irado", ou como "irritado"? Por que Agamêmnon sacrifica a filha? Que necessidade o faz sacrificá-la? Que necessidade vincula a situação do exército retido por ventos adversos em Áulis e a exigência do sacrifício a Ártemis? Por que Agamêmnon, vitorioso como executor da justiça divina, tem morte inglória e difamante? Por que tão longa cena em torno da figura patética de Cassandra? No triunfo final da rainha Clitemnestra realiza-se a justiça de Zeus?

Talvez a melhor solução, se a houvesse, desse múltiplo enigma viesse da leitura que resgatasse a coerência interna e o sentido geral do texto da tragédia. Essas questões não somente exigem que se determinem e clarifiquem as relações entre os Deuses (Zeus-Ártemis-Erínis) e entre os Deuses e heróis (Zeus-Ártemis-Erínis-Agamêmnon), mas também que se esclareçam e mais bem se definam as noções míticas de Deus(es), de herói(s), de cada um dos Deuses nomeados e ainda a noção de Justiça própria à teodicéia trágica de Ésquilo.

Trabalharemos com a hipótese de que na tragédia se desenvolve uma dialética pré-filosófica, na qual se confundem e se distinguem quatro pontos de vista e quatro graus da verdade, correspondentes à tradicional hierarquia das categorias divinas consideradas pelos gregos venerandas (a saber, a dos Deuses, *Daímones* e heróis), hierarquia tríplice a que se acrescenta o homem em sua realidade política e social. A estrutura formal da tragédia é de modo a explicitar as relações dos venerandos seres divinos entre si mesmos e entre esses seres divinos em cada uma de suas instâncias e os homens mortais. A estrutura da tragédia se constrói basicamente pela oposição entre partes cantadas (coro) e faladas (episódios). O coro, constituído exclusivamente por um colégio de cidadãos em pleno gozo de seus direitos políticos, é em geral o porta-voz da cidade e dos ideais dela, e assim apresenta o ponto de vista e o grau da verdade própria do homem dentro dos horizontes políticos.

As personagens que falam e agem nos episódios são nomeadamente os heróis, muitos dos quais a cidade-estado venera com santuários e sacrifícios. A palavra mesma "herói" (*héros*), nos poemas homéricos, tem valor de título honorífico que distingue os nobres por nascimento, por desempenho guerreiro ou por competência numa arte. Depois de Homero, a palavra indica essa instância do divino a que se honrava com sacrifícios funerários chamados "honras heróicas" (*heroikaì timaí*). A tragédia reavalia as ações extraordinárias dos heróis, pondo-os em cena sob o olhar dos cidadãos coreutas (coro) e dos cidadãos espectadores (público). Esses heróis se definem por uma relação individual com os Deuses, enquanto a relação dos coreutas e cidadãos com os Deuses é coletiva, pautada pela tradição comum e pelas celebrações e ritualismos tradicionais. Essa relação individual com os Deuses determina para o herói um destino individual, enquanto o destino dos coreutas e cidadãos é coletivo, identificados que estão com a sorte da comunidade a que pertencem.

A relação do coro com os heróis-personagens se dá como um paradigma possível para relação da cidade com os valores morais e religiosos a ela legados pela tradição ancestral, — e também se dá, pois, como um diálogo do presente democrático de Atenas do quinto século a.C. com o seu próprio passado aristocrático.

Para explicar essa enigmática noção mítica de "Deus(es)" (*Theós/Theoí*), recorreremos ao conceito filosófico de *eîdos/idéa*, elaborado nos *Diálogos* de Platão, e assim podemos dizer que os Deuses constituem os aspectos fundamentais do mundo, os diversos âmbitos de atividades e, em resumo, os fundamentos de todas as possibilidades que se abrem para homens e aliás para heróis. O Deus, qualquer que seja, se diz *Daímon* ("Nume"), quando considerado sob o aspecto de sua relação com um destino particular (de uma coletividade ou de um indivíduo) por ele presidido. A atitude do herói perante o(s) Deus(es) tem uma misteriosa afinidade com o destino do herói e traz consigo a clara determinação desse destino: bem-sucedido, se a atitude for adequada, e malsucedido, se inadequada.

É sob essa perspectiva que entendemos que na tragédia se confundem e se distinguem quatro pontos de vista e quatro graus da verdade: o ponto de vista e o grau da verdade próprios dos Deuses, o dos *Daímones* ("Numes"), o dos heróis e o dos homens cidadãos da cidade-estado. Nessa multiplicidade de pontos de vista e de graus da verdade, instaura-se a dialética trágica, pré-filosófica, que investiga o sentido humano, o sentido heróico e o sentido numinoso (pertinente ao *Daímon*, "Nume") da justiça divina, dispensada por Zeus e partilhada pelos homens na *pólis*.

Dentro dessa perspectiva, dá-se na tragédia o diálogo da *pólis* com o legado de sua tradição religiosa e com as questões e os desafios impostos por sua *práxis* cotidiana, individual e coletiva. Essas questões e desafios configuram-se primeiro como uma perplexidade dolorosamente vivida, e como uma sofrida necessidade de balizas e de paradigmas para a ação política, individual e coletiva, necessidade que a *pólis* de Atenas do quinto século a.C., transformada em um centro de poder sem precedentes na história das cidades-estado gregas, cobra em todos os momentos decisivos, tornados então cotidianos.

Sob essa perspectiva, procuraremos compreender as muitas indagações suscitadas pelo texto de Ésquilo e cujas respostas, se as há, devem estar nele contidas. Estas indagações já se impõem, no próprio texto, implícita ou explicitamente, aos coreutas-cidadãos, e por sua própria natureza têm afinidade com a misteriosa experiência do sagrado, tal como foi vivida pelos gregos historicamente e revivida por eles mediante as representações trágicas mesmas.

A VIGILÂNCIA NOTURNA

Uma súplica aos Deuses (*A*. 1-21) e a constatação de que esta súplica é atendida (*A*. 22-39) constituem o prólogo, dito por um serviçal que desempenha a tarefa de vigia, à noite, no alto do palácio dos Atridas, à espreita de um sinal luminoso anunciador da conquista de Tróia. Deitado no teto como um cão de guarda, ao relento, contempla o céu noturno. Na multidão inúmera dos astros, distinguem-se os que anunciam e trazem inverno e verão aos mortais, como claros príncipes a brilhar no firmamento, bem conhecidos em seus ocasos e ascensos — e nesta metáfora estelar dos claros príncipes e de seus ocasos e ascensos, prefigura-se a trama dessa tragédia: a queda e ascensão de reis.

Nesta vigilância canina à espreita do sinal do lampejo mostra-se o poder de um coração feminino de viris desígnios à espera da notícia a ser trazida pelo fogo: o poder da Rainha Clitemnestra. A vigília leva o vigia a um passeio estacionário, imóvel sobre o telhado: a noite, as horas insones e os fúlgidos astros circunvagam sobre o leito orvalhado que, pelo movimento circular dos astros, torna-se noctívago. Na contemplação noturna, preso a este círculo entre o surgimento e declínio de claros príncipes, tendo por companhia o pavor, ao buscar na cantilena o remédio contra o sono, ele antes pranteia e lamuria por saber o palácio não mais bem administrado como outrora. Busca abrigo na súplica aos Deuses e a súplica se faz visão:

> ao surgir nas trevas o fogo mensageiro. (*A*. 21)

Jubiloso lampejo anuncia o convívio com a claridade diurna, afastadas as fadigas de insone vigilância, e anuncia a celebração da vitória do exército argivo conquistador de Tróia, com muitos coros compostos em Argos. O grito *ioú ioú* do vigia comunica o motivo de júbilo à rainha para que esta o comunique ao reino. Antes de toda festa, o serviçal dançará de alegria por sua própria libertação;

no jogo do tabuleiro movem-se as peças conforme o mais bem-sucedido dos lances, feito pelos soberanos com os três dados: um triplo seis configurado pelo clarão do fogo núncio da conquista de Tróia. Boa sorte dos soberanos vitoriosos, bom lucro do servo: liberto da vigilância de cão.

Por breve euforia, o servo se imagina a dar boas-vindas ao rei, como se o afeto os igualasse, e como se o palácio tivesse resgatado, com o sinal luminoso, a boa administração de outrora. Mas sobre isso cai pesado silêncio: grande boi pisou na língua. O silêncio do servo fala aos que sabem o que cala aos que não sabem. A casa mesma falaria bem claro, quando a voz lhe fosse dada, — pelos acontecimentos mesmos e por uma presença adivinha, a de Cassandra.

A voz do fogo fala de vitória em terra longínqua; o silêncio do servo cala um ocultamento na interioridade doméstica.

A ARMADA AUSENTE

Convencionou-se chamar "párodo" o longo e magnificente canto coral que abre a trilogia (*A.* 40-257), quando, a rigor, conforme os termos de Aristóteles (*Poét.* 52b), constituem o párodo somente os versos 40-103, anapésticos, em ritmo de marcha. Neste párodo *stricto sensu,* enquanto o coro caminha até a orquestra, completam-se as informações dadas no prólogo referentes ao tempo do drama, ao caráter da expedição contra Tróia, à personalidade do coro e às circunstâncias presentes da ação.

Passados dez anos da partida do exército, o coro busca compreender o sentido das circunstâncias em que se encontra, remontando àquele momento inaugural da grande expedição, procurando no passado o que possa esclarecer o presente. Os reis Menelau e Agamêmnon, parelha jungida por Zeus com a honra de duplo trono e duplo cetro, têm por sede Argos, em que pese a tradição épica que faz Agamêmnon reinar em Micenas (*Ilíada*) e Menelau em Esparta (*Odisséia*). A expedição contra Tróia, conduzida por esses reis, move-se no domínio da justiça. Este domínio, porém, se descreve com indecisa ambigüidade no plano dos homens, ainda que no plano do divino esteja claramente determinado pelos desígnios de Zeus.

A régia parelha, como o grande opositor de Príamo perante a Justiça, preenche a função de *antídikos,* "o grande contraditor de Príamo" (*A.* 41). Tirada do vocabulário jurídico, esta metáfora (*antídikos*, "contraditor") descreve a guerra como um processo judiciário em que os reis argivos é o reclamante e o troiano o acusado. A palavra mesma que aí designa a expedição, *arogé* ("auxílio", *A.* 47), tem ainda a acepção jurídica de "apoio prestado no tribunal". Em termos estritamente humanos e civis, portanto, a guerra é vista como uma demanda e a expedição como um recurso perante o tribunal.

Um símile homérico ultrapassa esse âmbito das pendências humanas e revela o domínio divino da Justiça. O grande clamor por Ares irrompe do ânimo à maneira dos abutres a rodopiarem em vôo sobre o ninho, aturdidos por dores que os fazem errar (*ekpatíois álgesi*, "erradias dores", A. 49-50), quando constatam a perda de filhos roubados. Um Deus lhes ouve os gemidos, pois esses abutres são metecos do Deus, por serem freqüentadores das altitudes divinas, e o Deus envia, para vingá-los, Erínis perseguidora de transgressores. Tal como aos abutres órfãos de filhos a Justiça os ampara, assim também o Deus envia os Atridas contra Alexandre (também chamado Páris) raptor de Helena. A expedição dos argivos é, pois, o braço armado da Justiça divina, com que Zeus Hóspede pune as ofensas contra laços de hospitalidade perpetradas pelo troiano.

O móbil da guerra se justifica e se consagra por força da magnificência e sacralidade inerentes a quem sofreu a injúria que se busca reparar: a régia parelha de duplo trono e duplo cetro, imagem humana de Zeus, e Zeus mesmo, Zeus hóspede, cuja presença se mostra entre os homens nas relações de hospitalidade, violadas pelo rapto de Helena, esposa de Menelau, por Alexandre, quando acolhido como hóspede. No entanto, por justo e consagrado que seja, o móbil dessa guerra se desdobra, em outro sentido, banalizador: guerreia-se "por mulher de muitos homens" (*polyánoros amphì gynaikós*, A. 62).

A guerra se complica, multiplicada em "muitas lutas de fortes braços" (A. 64) que se abatem sobre um e outro adversários. Na facticidade do presente se mostra a fatalidade do que virá. Nem com sacrifícios que se servem do fogo (*hypokaíon*, "queimando", A. 69), nem com sacrifícios que se consumam sem fogo (*apoleíbon \ apýron hierôn*, "libando \ oferendas sem fogo", A. 69-70), abrandar-se-ão as cóleras divinas que se movem no terrível curso dos acontecimentos.

O coro, até o presente, nada sabe da notícia, trazida pelo fogo ao sentinela noturno, de que Tróia foi conquistada, mas isso não diminui a veracidade de suas reflexões sobre os acontecimentos por ele conhecidos. Ao inteirar-se da conquista, a breve e fulgurante alegria pela vitória não impede que a angústia pelo que foi e pelo que será o agarre logo depois.

Ante a magnificência dos reis e da expedição que conduzem, executores de desígnios divinos, o coro descreve a si mesmo como anciãos já não mais partícipes de Ares, remanescentes da expedição, não mais viris que uma criança, a vaguearem qual sonho surgido de dia.

A veracidade do coro consiste na verdade própria ao homem, dentro de seus horizontes políticos e de seus limites existenciais. A extrema decrepitude dos anciãos, ineptos para a ação guerreira, comparável à precária realidade do sonho à luz do dia, além do significado imediato e literal, serve de metáfora à condição humana em face dos Deuses e da vida heróica. Marcado pelo coletivo, pela solidariedade do espaço político compartilhado e por um destino comum, o coro — em geral — se reconhece aquém dos Deuses e dos heróis e se guia pelo exercício da virtude que mais convém à condição humana, a prudência.

A opacidade do curso dos acontecimentos permanece insondável e afligente; no entanto, os altares de todos os Deuses cultuados pela cidade estão repletos de oferendas fumegantes, sacrifícios recentes. Entre a aflição pelo turvo destino da armada ausente, angústia pelo porvir que dele depende, e a esperança suscitada pelos sacrifícios, o coro se volta à imponente figura da Rainha Clitemnestra, interrogando-a pelo que a fez ordenar os inesperados sacrifícios. Que alvissareira notícia lhe deu o motivo das ações de graças? A anuência da Rainha em dizê-lo poderia apaziguar o coração dos anciãos.

Clitemnestra estava em cena quando interrogada pelo coro no verso 83? Se estava, por que não responde? Ou, então, por que seu silêncio fica sem explicação nem justificativa? Se não estava em cena, por que o coro a interroga? Esse problema dividiu os estudiosos e continua dividindo, pois sua solução depende de diversos elementos que pesam variavelmente nas diversas concepções cênicas.

A nosso ver, o coro se volta à figura (presente) da Rainha (ausente), quando, em suas aflitivas reflexões sobre o destino da armada e o porvir tão turvos, algo mais imediato o surpreende no âmbito da atual administração do palácio, a saber, os inopinos sacrifícios ordenados também eles por "viril coração expectante da mulher" (cf. *A*. 11). Os sacrifícios criam uma esperançosa expectativa contrária à da agourenta ausência da armada; e entre a esperança e a angústia, o coro volta o pensamento à poderosa Rainha, cuja palavra somente poderia esclarecer-lhe o que significam os sacrifícios por ela ordenados nessas circunstâncias, e assim com esse esclarecimento curar-lhe talvez a aflição.

O AUSPÍCIO DAS ÁGUIAS

Esta interrogação a Clitemnestra pertence ao movimento mais amplo de perscrutar o curso dos acontecimentos para descobrir-lhes o sentido que pacifique o tormentoso coração, mas a Rainha ainda não está ali; e para retomar a amplitude desta perscrutação, o coro remonta ao auspício que augurou a partida do exército, buscando assim, em um ponto de vista mais do que humano, resposta e repouso para suas angustiosas inquietações.

Testemunha ocular do que relata, o coro detém a autoridade para cantar as ações, tanto pela idade que já lhe tolheu a participação na guerra, quanto pela divina Persuasão que ainda o inspira. Celebrado no canto dos anciãos, o poder (*krátos*, A. 104) dos aqueus é visto sob dois aspectos: como *aísion* ("fausto"), assinalado por desígnios divinos, e como *hódion* ("viário"), determinado pela expedição que desígnios divinos lhe dão por destino. O auspício primeiro se diz "impetuoso pássaro" (*thoúrios órnis*, A. 112), sendo "impetuoso" um epíteto de Ares, Deus que se deixa ver nas carnificinas. Depois o auspício se descreve: perto do palácio (não se esclarece se em Argos ou em Áulida), à direita (lado dos bons augúrios), duas águias, — uma negra, outra de rabo branco — capturam e devoram uma lebre prenhe.

Que quer dizer este presságio? O que ele diz só se deixa compreender em vista de quem o diz. Quem, então, fala neste presságio, e fala o quê? Neste e em qualquer presságio, o Nume fala de si mesmo, de sua latente potestade, que se faz ilatente como destino reservado ao destinatário do presságio. O profeta, ao falar em nome do Nume, revela o sentido ilatente dos sinais numinosos: o sentido da sina. Falando, porém, em nome do Nume, o profeta também fala do ponto de vista do Nume; e como esse ponto de vista nem sempre é acessível aos homens, as palavras da revelação profética permanecem quase sempre obscuras.

Calcas, o adivinho oficial do exército (*stratómantis*, A. 122), ao ver os signos do presságio, percebeu neles o sentido do porvir e anunciou o vaticínio. Esse anúncio, cujas palavras se reproduzem na antístrofe e no epodo seguintes à estrofe em que se descreve o auspício, suscitaram leituras díspares de comentadores diversos e constituem um dos problemas hermenêuticos postos por esta tragédia, o que, como disse, é próprio à natureza da revelação profética. O adivinho viu nas duas águias de espécies diferentes os dois Atridas diferentes pela índole, e na captura e devoração da lebre prenhe a conquista e pilhagem da cidadela de Príamo. Ao que parece, porém, na prenhez da lebre, contrastada com o tolhimento de suas últimas corridas, o adivinho viu o risco de açodamento e precipitação por parte dos conquistadores, o que implicaria a ira dos Deuses e a recusa de Ártemis.

A nossa expressão "ira dos Deuses" talvez não tenha a rica ambigüidade de *ága Theóthen* (A. 131). *Ága* fala tanto da admiração e assombro quanto da exasperação e agastamento ante algo excessivo (*ágan*). *Theóthen* contém antes um valor ablativo, assinalando os Deuses como origem dessa admiração e agastamento, muito mais que um valor subjetivo, que indicasse os Deuses como agentes desse assombro e exasperação; assim, no primeiro estásimo, o coro localizará a manifestação da força de *ága* (embora a palavra não reapareça nesse contexto) nos lares gregos que perderam filhos e maridos na guerra, lares de onde "recusadora dor se esgueira contra justiceiros Atridas" (A. 450-1). Por outro lado, entender *epíphthonos Ártemis* (A. 133) por "Ártemis se recusa" é uma subsunção do entendimento de *Theôn phthónos* por "a recusa dos Deuses", e tem sobre as traduções convencionais de *epíphthonos Ártemis* por "Ártemis se irrita" e de *Theôn phthónos* por "os ciúmes dos Deuses" a vantagem de eliminar as conotações e implicações psicológicas estranhas a essas noções míticas.

Esses sinais, já que pertencem ao domínio de Ártemis, Senhora das feras, têm na Deusa a garantia de que hão de cumprir-se, e assim integram essas "destras, mas repreensíveis visões" (A. 145). O aspecto fausto, cuja manifestação tem lugar no lado direito (*kheiròs ek doripáltou*, "à mão da lança", A. 116), pertence ao domínio de Zeus, manifesto nas águias, e concerne à vitória e conquista guerreiras. O aspecto infausto, "repreensível", dessas visões depara com a recusa de Ártemis (*epíphthonos Ártemis, A.* 133), concerne à necessidade do favor de Ártemis para que a expedição possa prosseguir seu percurso e à necessidade de conciliar esse favor por meio de um sacrifício "outro, insólito, impartilhável" (*A.* 150), que por sua vez concitaria um Nume pavoroso, a "mêmore Cólera filivíndice" (*A.* 155).

Ao inteirar-se do aspecto infausto das visões, o adivinho invoca Apolo sob o nome de Ieio Peã, para que Ártemis não impedisse o prosseguimento da expedição. Por que o invoca, se a súplica é feita à Deusa? Apolo, Deus adivinho, é quem deu a Calcas a arte divinatória (cf. *Ilíada,* I, 72), e assim, porque dele participa e a ele está imediatamente ligado, invoca-o como Deus curador, já que diante de uma situação a ser curada e sanada. *Paiân,* "Peã", designa o médico divino que é Apolo, e o epíteto "ieio" fala também de *iêsthai,* "curar", e de *iatrós,* "médico". No entanto, a situação se inscreve no âmbito de Ártemis, e somente ela poderá saneá-la, por isso é a ela que se pede. Além disso, ambos os irmãos divinos têm em comum o epíteto *hágne/hágnos,* "pura/puro", com que Ártemis é primeiro nomeada por Calcas (*A.* 133), e um "sacrifício outro, insólito, impartilhável" afastaria irremediavelmente de tais sacrificadores essa consagrada pureza, comum a ambos os Deuses. De fato, a decisão de Agamêmnon pelo sacrifício, o coro a qualifica como *ánagnon,* "alheia à pureza" (*A.* 220).

Tal sacrifício se diz "inato artesão de rixas por não temer marido" (*A.* 151), e assim se identifica com o pavoroso Nume presente no palácio dos Atridas, como uma "Caseira astuta": a "mêmore Cólera filivíndice", cuja memória imortal reside na aniquiladora punição da violência perpetrada contra os filhos.

As últimas palavras da profecia de Calcas, ao mencionar a "Cólera filivíndice" (*Mênis teknópoinos, A.* 155), simultaneamente se referem ao passado e ao futuro, pois em sua abrangência oracular incluem tanto "o festim de Tiestes com carnes de crianças" (*A.* 1242), crime outrora cometido por Atreu, pai de Agamêmnon, quanto o que ainda permanecia para Agamêmnon um sombrio e turvo porvir.

Tais sinais da sina, cuja leitura Calcas fez dos "pássaros viários", *i.e.* do auspício que concerne à expedição, ele os proclamou "com grandes bens" ao palácio real (*A.* 156-s.). Os "grandes bens" são a vitória, a conquista e as riquezas conquistadas, aspectos visíveis do favor divino. Tais sinais, porém, são ambíguos, como "destras, mas repreensíveis visões" (*A.* 145). Essa ambigüidade é realçada pelo estribilho com que o coro fecha a estrofe, a antístrofe e o epodo:

> Lúgubre lúgubre canta, mas vença o bem.
> *Aílinon aílinon eipé, tò d'eû nikáto.* (A. 121, 138, 159)

Em *aílinon,* que significa "lúgubre", "plangente" e também "nênia", "canto fúnebre", *ai* é uma interjeição de dor, e *linos* lembra o nome de Lino, filho de Apolo e Musa, cantor precocemente morto, cuja morte se lamenta com o *aílinos.* — O repetido *aílinon aílinon* parece prantear Ifigênia, cuja morte veladamente se tece nas palavras proféticas de Calcas e nelas tece uma rede de ainda despercebidas conseqüências funestas. Ao que há de sombria obscuridade e de "repreensíveis visões" em tais sinas, contrapõe-se o voto de que vença o bem.

A contradição com que o estribilho se formula dá ressonância à ambivalência do auspício cujos sinais constituem "destras, mas repreensíveis visões". Noutro plano, dá ressonância também à perplexidade sentimental do coro que oscila entre a esperança (*elpís, A.* 102) e a aflição insaciável de dor e devoradora do ânimo (*A.* 102-3). Noutro sentido mais amplo, essa contradição do estribilho configura a contraposição entre os míseros males sofridos ou pressentidos e a vitória do bem.

Quem é o vencedor, nessa vitória do bem? Que é o bem? Quem é o bem?

O HINO A ZEUS

Ao descrever o presságio das duas águias a devorar a lebre prenhe e ao reproduzir as palavras com que o adivinho interpretou esse presságio, o coro persegue o ponto de vista do Nume e percorre os sinais da sina em busca de compreender o sentido numinoso dos acontecimentos e ainda a situação no palácio, durante a ausência do exército e do seu rei, prolongada e por isso afligente. A celebração dos sinais pede canto fúnebre e pede confiança na vitória do bem, pois assinalam aspectos da sina díspares e dilacerantes.

Para ultrapassar as contradições e conflitos acenados pelos sinais e pela interpretação deles, o coro invoca Zeus com um hino, que se abre com a fórmula litúrgica tradicional:

> Zeus, quem seja enfim,
> se lhe é caro este nome
> com ele o interpelo. (A. 160-2)

Esta fórmula aponta a transcendência de Zeus aos nomes e epítetos com que é invocado, e aos aspectos diversos com que se mostra; aponta ainda o reconhecimento dessa transcendência por quem o invoca, e a piedade que move a quem o invoca. Transcendente às contradições e conflitos, Zeus no entanto permanece acessível à imaginação como fonte de alívio e libertação das aflições. Entre tantas imagens que o pensamento pesa e avalia, só a de Zeus traz consigo esse poder de alijar o fardo inane dos tormentos.

A unicidade de Zeus, que impera no domínio das imagens por assegurar paz de espírito, manifesta-se mais originariamente na perspectiva teogônica como supremacia vitoriosa, fundadora de todo fundamento. Ao falar dessa perspectiva, as palavras do hino ganham então uma clareza que as obscurece e uma simplicidade que confunde:

> Aquele que antes foi grande,
> pleno de belicosa audácia,
> nem se dirá, por ser antigo.
> Aquele que surgiu depois
> teve seu trivencedor e foi. (*A*. 167-72)

A realeza de Zeus instaura por sua presença o presente que abarca e consubstancia a totalidade do ser. As potestades, que se insurgem contra Zeus, assim se excluem do esplendente âmbito do ser, proscritas nas regiões do sido e do não-ser. "Aquele que antes foi grande" teve a sua plenitude "de belicosa audácia" elidida do âmbito do ser, resvalando numa antigüidade que escapa à apreensão da palavra: "nem se dirá, por ser antigo". "Aquele que surgiu depois" retirou-se preterido pela vitória tríplice de seu adversário. Lê-se comumente nesses versos a alusão aos mitos do Céu e de Crono, dando-se por provinda do pancrácio a metáfora do trivencedor (*triactêros*, *A*. 171, identificado com Zeus). Os antigos viram também, nesses versos, Crono e Tifeu, em vez de Céu e Crono. Essa flutuação da leitura repercutiu entre estudiosos modernos, que adotaram uns a uma e outros à outra. O leque dessa flutuação, no entanto, abrange os mitos teogônicos que ilustram as lutas e conquista do poder por Zeus como uma explicitação da natureza mesma de Zeus, e nesse sentido, a meu ver, as palavras do hino, em sua clareza e simplicidade, referem-se tanto ao mito do Céu e à Titanomaquia, quanto ao combate contra Tifeu.

A vitória de Zeus pertence à natureza de Zeus como consumação e manifestação do ser que lhe é próprio, e assim se revela como a ordem inscrita no ser de cada ser e no acontecer de cada acontecimento. Celebrar a vitória de Zeus dá ao espírito a amplitude de visão que em cada circunstância se faz prudência, mediante o esforço de penetrar o sentido dessa vitória. A prudência é o dom de Zeus aos mortais porquanto atualização, na existência de cada um, da vitória de Zeus. Esse dom, a quem o recebe, traz consigo o padecimento de recebê-lo. Ao dom divino, que consiste em pensar bem, corresponde o sofrido padecimento irrecusável de aceitá-lo. Parece-me ser esta a dimensão existencial que a teologia de Ésquilo dá ao velho provérbio, assim reformulado: *páthei máthos*, "saber por sofrer" (*A*. 178). A experiência vivida, quanto mais forte, com tanto mais força impõe-se à reflexão de quem a viveu.

> A dor que se lembra da chaga
> sangra insone ante o coração
> e a contragosto vem a prudência. (*A*. 179-81)

O hino conclui com um oximoro ("violenta é a graça", *A*. 182) que marca a incolmável distância entre o favor divino ("graça") e sua acolhida pelos mortais assim favorecidos. A palavra *Daímon(es)*, "Nume(s)", designa o(s) Deus(es) do ponto de vista de sua relação com um destino particular por ele(s) presidido; os Numes se dizem "sentados no venerável assento", porque fundam e transcendem o destino particular que presidem e cercam de solicitude, mas a solicitude numinosa arranca o mortal ao tranqüilo conforto de seus limites habituais, arremessando-o em direção ao que o ultrapassa em todos os sentidos, arrebatando-lhe as referências conhecidas e a tranqüilidade que delas provém. O que os Deuses dão de graça, os mortais acolhem em si mesmos por violência.

Em suma, o hino celebra Zeus como única garantia da paz de espírito, por ser antes o fundamento de todo poder e assim ter aberto aos mortais a possibilidade de alçar o pensamento às formas desse poder totalizante, auferindo por conseguinte "prudência em tudo". No entanto, essa graça de bem pensar, dispensada por Zeus e por Deuses Olímpios enquanto presidem o destino particular do mortal assim agraciado, contém o gravame da acolhida dessa graça por quem a recebe, acolhida irrecusável, porquanto nela a verdade se impõe mesmo a contragosto dos que relutam em vê-la. O coro, ao hinear Zeus, aspira a esse ponto de vista divino, donde se descortina a totalidade e abrandam-se as conflituosas contradições particulares, conciliadas no fundamento que as mantém e transcende.

O JUGO DA COERÇÃO

A celebração de Zeus fortalece o coro para prosseguir o relato dos acontecimentos que se seguiram à manifestação do auspício, e assim perseguir o sentido desses acontecimentos até que claramente se descubra o presentemente turvo sentido do presente.

A plena atualização do sentido de Zeus na existência individual se faz pela violência da graça que amplia os limites peculiares à condição própria dos mortais. A violência dessa graça se deixa observar em circunstâncias vividas pelo grande guia da esquadra de aqueus em Áulida. Os acontecimentos então criam a conjuntura em que os sinais da sina e a fala profética do adivinho que os interpretou mostram nos fatos mesmos a sua verdade numinosa.

No porto de Áulida, ventos tempestuosos impediam a navegação. Na vácua espera pela partida, as tropas guerreiras, aglomeradas, inativas, vagueavam a caçar e a entreter-se; os víveres diminuíam; o cordame e os navios deterioravam; a disciplina das tropas deteriorava. Imobilizado o ânimo guerreiro ante as forças do vento e do mar, o rei Agamêmnon ouve reiteradas na voz dos elementos as palavras do adivinho ao interpretar o auspício das águias leporívoras.

O sacrifício sangrento tinha lugar sempre que o exército tivesse que transpor as fronteiras territoriais, ou ainda rios e mar, bem como na frente da linha de combate, momentos antes da ordem de ataque. O sacrifício propiciava a Divindade que por meio dele daria (ou não) o sinal de sua anuência. Sacrificava-se então cabra a Ártemis Agrotera, cujo domínio são as regiões que o homem não domesticou, a Senhora das feras. Esse era o sacrifício que se impunha a Agamêmnon, em Áulida, diante do estreito de Euripo, cujas réfluas águas revertiam o curso várias vezes por dia, e onde, para a armada retida por ventos adversos, o tempo fazia recuos e repetente demora.

Entretanto, o adivinho proclamou outro remédio, outro que não o esperado nessas circunstâncias. Para obter-se a divina anuência a tão alta aspiração de ser o braço armado da Justiça e de Zeus Hóspede, que dom se sacrificaria à Deusa mais precioso que a virgem filha querida do rei dos reis? E a palavra do adivinho, que a presente voz dos elementos reiterava e confirmava, podia ser posta em dúvida? Podia negar-se ante a numinosa confirmação das circunstâncias presentes?

O coro reproduz as palavras do rei apanhado no dilema de: 1) ou não confiar e não confiando abandonar o projeto da expedição; 2) ou sacrificar a própria filha como se sacrificam cabras a Ártemis, para que os ventos deixem aberto o caminho pelo mar (*A*. 206-17). Grave cisão é não confiar na voz numinosa dos atuais acontecimentos; grave cisão é trucidar a filha, doce esplendor de seu palácio. Ponderada uma e outra cisão, o rei constata que não há como ser sem esses males cuja hecceidade é a sua realeza. Não há como desertar da expedição e frustrar o pacto guerreiro de aliança bélica. A realeza é maior que o rei e dá ao homem horizontes mais amplos que os de suas humanas afeições. O sacrifício de cessar vento sagraria o destino de ser o braço armado de Zeus hóspede e assim da Justiça.

As palavras do rei, reproduzidas pelo coro, constituem o ponto de vista do herói, assinalado pelo destino de viver numa proximidade divina tal que a condição de mortal não pode suportar. Investido da sacralidade de sua missão divina, que o junge ao destino sobre-humano de herói, o rei conclui pela liceidade do sacrifício. Sendo lícito desejar com superfurioso furor o sacrifício e o sangue da virgem, pode-se ainda desejar que bem seja.

Essas palavras repugnam ao coro e infundem-lhe horror e abominação, consideradas por ele sob o ponto de vista de homens dentro de horizontes políticos. Primeiro o coro reprova a Agamêmnon não ter oferecido resistência nem ao vaticínio nem aos golpes da sorte, como se ele estivesse entregue ao adivinho e ao acaso:

> sem vitupério a nenhum adivinho,
> a conspirar com os golpes da sorte (*A*. 186-s.)

Na perspectiva do coro, essa atitude de entrega se faz jugo de coerção e o "conspirar com os golpes da sorte" se torna "ímpia mudança de ânimo nem pura nem sacra". O que para Agamêmnon é liceidade (*thémis*, *A*. 217) parece ao coro ser "mísera demência mestra de vilezas" e "matriz de males" (*A*. 222-s.). O coro reconhece na morte de Ifigênia que se trata de um sacrifício ritual, mas um sacrifício visto como a negação mesma da verdadeira piedade, pureza e sacralidade (*dyssebê... ánagnon... aníeron... A*. 219-20), e assim denuncia o aviltamento e perversão desse sacrifício como uma ousadia intolerável para a lucidez, ousadia a serviço de combates "vingadores de mulher" e em prol de navegar (*A*. 224-7). A seus olhos, pois, a motivação de Agamêmnon é estritamente humana. O coro, cuja piedade se pauta pela tradição comum a todos, não leva em conta nem as injunções numinosas nem a voz do vaticínio, que constituem dimensões da vida heróica, distinguida pela relação individual com o divino.

O vínculo do rei com a Justiça e a abertura que esse vínculo lhe traz para a transcendência divina, com a superação dos limites individuais e das preferências pessoais em nome do que os transcende, em suma, essa dimensão heróica, para o coro deixa-se descrever como o jugo da coerção e mudança de ânimo em mísera demência. O jugo da coerção subjuga os que por incúria e imprudência se deixaram subjugar e por isso a coerção antes incrimina os coagidos e muito mais lhes impõe a culpa do que os exime de responder por ações a que a coerção os obriga. Do mesmo modo, a demência trai a afinidade do demente com os males que a demência os leva a perpetrar. Assim, jugo da coerção e demência não constituem na boca do coro nem atenuantes nem escusas, mas antes o peso e agravo da acusação.

O coro considera sobretudo o que os "cabos de guerra" não consideraram: não só as "súplicas e apelos ao pai", mas a vida mesma da virgem (*A*. 228-30). Na ordem do pai aos servos, dada após a prece, impera o rigor dos cuidados rituais, as precauções a se tomarem de modo que se observem as prescrições. Um sacrifício a Ártemis, em que a moça substitui a cabra, por ser a mais bela e valiosa oferenda, para acalmarem-se os ventos tempestuosos e abrir-se o caminho do mar.

Ainda que alhures possam confundir-se, neste momento os pontos de vista do herói e do coro se distinguem e se contrapõem. Enquanto o herói confia na licitude de sua ação em cumprimento de deveres impostos por seu exercício da realeza e por sua missão divina que nesse exercício se revela, e assim obedece às injunções do Nume que o interpela com a voz mesma do auspício e dos acontecimentos — o coro somente ouve o apaixonado apelo que a moça faz por sua vida. Descreve-a emudecida pela mordaça, a suplicar com os olhos àqueles mesmos que, outrora convivas nos salões de seu pai, a ouviam cantar o peã durante a terceira libação. A cena muda, brutal e desesperada em que figura como vítima do sacrifício é contrastada com os momentos felizes do fausto banquete paterno em que cantava, momentos compartilhados por seus atuais sacrificadores.

Ressalte-se, no entanto, que nesta cena não cabe falar em "sofrimento de inocente". Ifigênia não é inocente, no sentido de que nenhuma culpa lhe pese. De acordo com a noção de justiça tradicional entre os gregos antigos, um crime pode ser expiado numa geração seguinte, arcando o *génos* como um todo com os atos dos que o representam. Quando Calcas, ao interpretar o auspício das águias leporívoras, fala da "mêmore Cólera filivíndice" (*A.* 155), faz implícita menção ao crime outrora cometido por Atreu, pai de Agamêmnon e primeiro a suscitá-la por ter massacrado os filhos de seu irmão Tiestes, a quem logrou e fez comê-los. A ominosa permanência de Cólera filivíndice no palácio dos Atridas sombreia a sorte de Ifigênia: também a esta impende a dívida para com aquela.

O que se deu depois do sacrifício ("o depois disso", *tà d'énthen*, *A.* 248) escapa, por ora, ao conhecimento do coro. No entanto, ignorados os fatos, ele pode guiar-se por dupla certeza. Uma é que as artes de Calcas não deixam de cumprir-se e assim desde já pode saber que os dias de vida livre para Tróia estão contados. Outra é que a Justiça tem seu pendor como o prato de uma balança, de modo a dar-se a conhecer a quem a sofre (e, na perspectiva do coro, o ato sacrificial do rei é de natureza tal que Justiça sobre ele penda de modo a fazer-se conhecer). É esta certeza (de ser inerente à Justiça esse pendor) que impõe ao coro o íntimo silêncio de calar-se a palavra e calar-se o pensamento.

O porvir, quando viesse, seria de falar-se e ouvir-se. Antes que venha e se apresente no âmbito do agora, adeus à palavra que dele fale e ao cuidado que dele cuide! Assim, do mesmo modo, adeus ao prévio pranto! Nítido será quando acontecer: que seja feliz o acontecimento! Com esse voto formulado com tanta veemência e com esse abrupto silêncio, o coro cala os pensamentos premonitórios com que a reflexão se antecipa aos fatos sabidos.

Na conclusão deste amplo canto, o coro se reporta à presença da rainha Clitemnestra, com a linguagem tão formal e solene quanto a ocasião exige:

> Nisso, pois, seja feliz o evento
> como quer próxima de ápia terra
> esta única fortaleza vígil. (*A*. 255-ss.)

A palavra *ágkhiston* ("próxima") indica não só proximidade espacial, mas também congeneridade e parentesco, legitimadores do exercício do poder. A referência a Argos como "ápia terra" remete ao nome legendário de seu antigo rei Ápis, mas ainda e sobretudo ao afastamento e distância que marcam esta terra cujo rei é ausente (*apía*, de *apó*, = "longínqua"). A rainha Clitemnestra, próxima desta terra longínqua e órfã do rei, é sua "única fortaleza vígil", imagem da desoladora solidão.

A VOZ DE HEFESTO

O primeiro episódio se abre com a entrada (enunciada pelo coro nos versos *A*. 255-7) e presença imperiosa da Rainha Clitemnestra. Ante ela, não se sabe se atendendo a seu chamado, apresenta-se o corifeu, com palavras cuja forma reverente reflete a efetiva autoridade com que a rainha exerce o poder. Não há, entretanto, nessas palavras nenhum envolvimento, nenhuma afeição pessoal, isso é antes descartado pela explícita justificação da reverência (ausente o rei, é justo honrar-lhe a mulher). O corifeu reitera, perante a rainha, a pergunta que já antes lhe dirigia: por que os sacrifícios?

A boa notícia, que a rainha lhe dá e que é motivo dos sacrifícios (a saber, a vitória dos argivos sobre os troianos), surpreende o corifeu, suscitando nele incredulidade mista de ansiedade. Quando Clitemnestra lhe responde que há o que afiança a boa notícia e, sem dolo de Deus, isso constitui um indício, uma prova, o corifeu se apressa a formular duas possibilidades de se ver envolvido no dolo de Deus: ou ela venera persuasivas visões de sonhos, ou talvez áptera palavra a nutriu. A rainha desdenha a primeira, rejeitando visões de sonho como opinião de espírito adormecido (mas fará ainda amarga experiência do efetivo e pavoroso poder dos sonhos, quando um deles lhe revelar a encoberta ameaça à sua vida). E a segunda possibilidade ("talvez áptera palavra te nutriu?" *A*. 276), ela a rejeita como puerilidade. Esse enigmático verso 276 aponta a frustração trazida por uso de palavra, mas não se poderia ter certeza quanto a que uso e de que palavra. Desde a antiguidade, contrapõem-se conjecturas sobre o significado de "áptera palavra".

Afastadas ambas as possibilidades de envolver-se em dolo de Deus, e se se capturou a cidade de Príamo nesta "noite mãe desta manhã", então "qual mensageiro viria tão veloz?" (*A*. 278-80).

"Hefesto", responde a rainha e em sua fala a presença de Hefesto se multiplica configurada em três tríades de fogos mensageiros. A primeira tríade reúne o monte Ida, ao sul de Tróia, donde o Deus Hefesto emite a mensagem, a pedra de Hermes, na ilha de Lemno, e o monte Atos, consagrado a Zeus na Trácia. A segunda tríade coliga o mirante do Macisto (identificado por escoliasta com montanha da Eubéia), o monte Messápio, na Beócia, e o Citéron, junto a Tebas. A terceira tríade reúne o monte das cabras errantes (identificável com Geranéia, cadeia montanhosa da Megárida), o monte Aracneu, na Argólida, e, enfim, o teto dos Atridas.

Esse catálogo orográfico constitui a prova afiançadora e o sinal transmissor da boa notícia, motivo dos sacrifícios. A poesia de Ésquilo, fiel à tradição épica, compraz-se com catálogos; e esse, além do prazer viajeiro dos topônimos evocativos, vale à rainha Clitemnestra não só a garantia da veracidade de sua notícia, mas ainda lhe vale como demonstração de seu régio domínio sobre as longínquas distâncias. A voz de Hefesto, servil e fiel, transpõe mares, ultrapassa planícies, cruza lago onde Górgona espreita, galgando cimos e promontórios, para apresentar-se, solícito portador de boa nova, à solitária rainha.

Ouvindo-a enumerar as estações do sinal de fogo, a incredulidade do corifeu se faz admiração e ele lhe pede que complete o relato da notícia.

Clitemnestra descreve os primeiros momentos da cidade recém-conquistada, onde pranto e júbilo se confundem na gritaria diversa de vencidos e vencedores, onde confluem o fim das fadigas e dos perigos e o fim da vida livre e das alegrias, e convivem a liberdade e a escravidão. Esse quadro imaginário toma por base o domínio sobre as distâncias espaciais revelado pela rainha com seu catálogo das estações do fogo mensageiro, ao mesmo tempo que confirma esse domínio por constituir-se numa demonstração dele. Mas quem se faz senhor das longitudes espaciais e assim vê o remoto que as distâncias não podem mais lhe ocultar, vê também o recôndito porvir longínquo no curso dos acontecimentos. A rainha tem, pois, autoridade para falar das possibilidades presentes e das possibilidades vindouras, e fala.

Só o temor aos Deuses tutelares da cidade tomada e o respeito aos templos da terra vencida poderiam preservar o exército vitorioso de ser, por sua vez, derrotado por calamidades oriundas da cólera divina e, preservando-o, assim lhe proporcionar feliz travessia marítima no retorno ao lar. Com esse pensamento (em que também se exprimem certa tradição religiosa e a piedade trágica), a rainha introduz um outro pensamento, mais complexo e com um significado diverso segundo diverso ponto de vista:

> Se viesse o exército sem ofensa aos Deuses,
> poderia ser desperto o suplício dos mortos,
> se não irrompessem repentinos males. (*A.* 345-7)

Refletindo sobre essas possibilidades, o coro entenderá esses mortos, cujos infortúnios gerariam desdobramentos se movessem as terríveis Erínies, como os mortos em guerra, gregos e troianos (cf. *A.* 461-ss.); esse é o ponto de vista do coro como o da piedade tradicional. Outro é o da rainha Clitemnestra, que, ao mencionar o suplício dos mortos, pensa em sua filha Ifigênia, como explicitará depois, ao revelar-se como o Nume vindicante e ao falar em nome desse Nume (*A.* 1415- 8, 1431-ss.). Por ora, entretanto, o coro se dá por satisfeito com o que pode compreender da ambígua fala da rainha, e inteiramente persuadido pelo que compreendeu, e tranqüilizado por essa persuasão, dispõe-se a orar aos Deuses em ação de graças.

O GRANDE ALTAR DE JUSTIÇA

Capturada Tróia, convicto da captura, o coro canta em reconhecimento da grandeza dos Deuses a que atribui a autoria da captura. O prelúdio anapéstico do primeiro estásimo principia com a invocação de "Zeus Rei e Noite amiga" (*A*. 355), conciliando esse par antitético na (unidade de ser e não-ser, vista como) unicidade da causa divina da queda de Tróia: Zeus Rei, porque a ele pertencem todo exercício do poder e a sorte dos impérios; Noite, porque a ela pertence o domínio do não-ser e da negação de ser, e assim toda destruição lhe concerne. Noite se diz "amiga" (*philía*) por antífrase, com a mesma intenção apotrópica com que comumente se denomina "benévola" (*euphróne*, *A*. 265, 279), visando afastar o mau agouro que tão nefanda nomeação pudesse trazer consigo. Noite ainda se diz "senhora de grandes adornos" (*megáton kósmon kteáteira*, *A*. 356) como também se diz "vestida de fulgores" (*poikileímon*, *Pr*. 24): com a contemplação dessa imagem sensorial da noite constelada, busca-se evitar que o pensamento se detenha no caráter aniquilador da Deusa imortal e em seu sentido meôntico.

A Deusa Noite age cobrindo as torres de Tróia com grande tarrafa, como as trevas caem indistintamente sobre todos, sem que nem grandes nem pequenos lhe escapem, e enreda a todos na escravidão. Zeus Hóspede pune discriminadamente, servindo-se do mesmo recurso que o criminoso: contra o arqueiro Alexandre, que desonra a mesa hóspede, estende o arco e no tempo certo atinge o alvo. Contrapostos por suas naturezas, por seus domínios e meios de ação antitéticos, Zeus e Noite se associam e se confundem na captura de Tróia, ainda que a ação de um seja punitiva, e a da outra, aniquiladora. Essa associação e fusão, a meu ver, prenuncia e prefigura a complexa unidade enantiológica de Deuses súperos e ínferos, olímpios e ctônios, que se explicita na segunda e terceira tragédias desta trilogia; o caráter prenunciador e prefigurador dos versos *A*. 355-66 é posto em relevo por sua forma mesma de prelúdio anapéstico.

Na primeira estrofe, o coro desdobra as implicações de princípios teológicos antes por ele enunciados. Se Zeus pôs em vigor para os mortais "saber por sofrer" (*A.* 178), e se "Justiça impõe que a saibam os que a sofrem" (*A.* 250-1), a terrível calamidade da captura revela, aos troianos que a sofreram, o selo de um decreto de Zeus: eles, sim, podem falar do golpe de Zeus (*A.* 367). Nessa experiência calamitosa imprimiram-se vestígios dos desígnios divinos, e é possível investigá-los.

Não é verdadeira piedade dizer que os Deuses desprezem como indigno de si ocupar-se de punir os que aviltam "a graça do intocável". Por seus dons, os Deuses se fazem presentes e os homens se tornam partícipes dessa presença divina. Entre a participação e a presença, o infranqueável limite se deixa distinguir mediante o reconhecimento e gratidão humanos pelo favor e oferta divinos. "Graça" (*kháris, A.* 371) implica, por um lado, reconhecimento e gratidão, e, por outro, favor e oferta. A "graça", pois, traz consigo jubilosa alegria e mais: a fascinante beleza do que não se pode tocar sem que se perca a si mesmo. Quem ultrapassa esse limite, mete os pés no intocável.

À palavra malpropícia que nega a vigilância divina do intocável, contrapõe-se este fato manifesto: a ruína (*áre, A.* 375) provocada pela temeridade dos que ousam o que não se deve ousar. Essa ousadia temerária e sem lindes, causa de ruína, irrompe de aspirações maiores que a justiça, e de ardores que suplantam o que é para mortais o melhor (*A.* 374-8).

Para que sejam evitados os excessos ruinosos, e estejam ausentes os danos por eles engendrados, é imperativo que seja essa ausência de males de modo a contentar-se quem logrou bom senso. O que é para mortais o melhor se define como essa ausência de males. Quando viceja a opulência com o seu séqüito de aspirações injustas e de excessos a ultrapassarem o que é para mortais o melhor, já não mais tem abrigo quem suplanta o grande altar de Justiça, no qual brilha a graça do intocável (*A.* 379-84).

A primeira antístrofe ainda descreve a desaparição do grande altar de Justiça. Erronia (*Áte, A.* 386), a precipitosa conselheira, tem por filha a ousada Persuasão, perpetradora de violência.

Erronia é a cegueira ao que é para mortais o melhor: cheia de expedientes, essa cegueira ante o infranqueável limite impele o homem a franqueá-lo, pois gera essa Persuasão temerária, cuja violência reside na ação por ela desencadeada e ainda no mal que ela produz e promove. Não há remédio, nem há como ocultar. O bronze, quando adulterado com chumbo, se submetido a atritos e impactos, acaba perdendo o seu aspecto luzidio para uma cor escura, opaca e irremovível, que revela o seu teor espúrio e qualidade vil; assim também o mal, que Erronia e sua filha Persuasão produzem e promovem, acaba revelando-se com terrível brilho, impossível de esconder. Justiça intervém e a reparação se faz, quando com grande custo social as aspirações temerárias correm atrás do inexeqüível: "criança persegue alado pássaro" (A. 394). Os Deuses não ouvem a prece do homem sem justiça e esse fica entregue às conseqüências da cegueira que o cegou.

Descrita a Persuasão como "filha (*país*, A. 386) intolerável da conselheira Erronia", e descrita a situação criada por Erronia mesma na figura da "criança" (*país*, A. 394) a perseguir alado pássaro, a primeira antístrofe conclui com um nome próprio a reunir em si tal "filha" (*país*) e tal "criança" (*país*): o nome de *Páris*, personagem paradigma da atuação de ambas, mãe Erronia e filha Persuasão, quando "aviltou mesa hóspeda com rapto de mulher" (A. 400-3).

A segunda estrofe retoma o delito de Páris sob o aspecto da fuga de Helena e suas conseqüências para o palácio de Menelau. Tumulto guerreiro no espaço público, preparação da retaliação militar; silêncio depressivo no interior do palácio, prostração do marido abandonado. A intimidade doméstica se expõe na fala dos intérpretes do palácio, a lamuriarem o desastre amoroso e o marido que, em seu abatimento, o afeto e a afeição dos que o cercam o tornam "o mais doce de ver dos abandonados" (A. 413). Para esses porta-vozes a serviço da curiosidade alheia, o espaço interior da casa é dominado pela presença da ausente e pela ausência do presente, num jogo que faz coincidir a presença (da mulher ausente) e a ausência (do marido presente). Evocada pelas saudades e pelo desejo, a lembrança da mulher se faz um espectro que parecerá senhor do palácio; abatido pelas saudades e pelo frustro desejo, o senhor mesmo do palácio em seu alheamento parecerá um espectro; ambas essas (ir)realidades se dizem na ambigüidade da mesma frase:

> Por desejo de mulher além-mar
> espectro parecerá senhor do palácio. (*A*. 414-5.)

Interposta entre o desejo aceso e seu objeto ausente, que é a graça viva e distante da mulher amada, a graça das formosas estátuas é odiosa ao marido, por sua estática presença aparentar uma intrusão. A vacuidade do olhar sem luz nem pupila das estátuas reflete a vacuidade do olhar desejoso do marido que contempla o vazio da ausência e o esvair-se de toda Afrodite (*A*. 416-ss.).

Na segunda antístrofe, o oxímoro que funde a graça e seu contrário dela ("a graça é odiosa", *A*. 417) desdobra-se em graça dolorosa e em graça frustrânea, na apresentação de imagens oníricas que ludibriando o discernimento espicaçam ainda mais o desejo. Esse luto que se instala junto ao lar no palácio de Menelau extrapola e alcança todas as casas dos gregos que partiram para Tróia. Em cada casa brilha toda a dor que o coração quer suportar, pois, em vez de homens, urnas cheias de cinzas retornam a quem os enviou. Cinzas funerárias e ausências e dores se tornam o quinhão comum de muitos lares (*A*. 420-36).

A terceira estrofe invoca o Deus Ares na numinosa figura do negociante que permuta corpos por ouro: para avaliar a troca com precisão sustenta a balança no meio da batalha. O domínio de Ares se revela cruentamente na matança e na carnificina. O ouro de Ares é a cinza das piras, tanto mais precioso porque só trocado pela vida florescente. Essa pesada poeira de ouro (*psêgma*, *A*. 442) é remetida aos parentes do morto e leva consigo o árduo pranto e as palavras glorificadoras das façanhas guerreiras. Mas por que se executaram as façanhas, por que a morte em campo de batalha? "Por alheia mulher" (*A*. 448), sussurra velada voz. Ainda que sussurrados em silêncio a causa das façanhas e o motivo das mortes, não se pode ocultar a futilidade da causa e do motivo.

Assim como com terrível esplendor brilha o mal perpetrado (*A.* 388), na casa de cada um dos que se foram brilha a dor (*A.* 429-31). Essa dor se diz "recusadora" (*phthonerón*, *A.* 450), por que os Deuses a assistem: ela é o sofrimento do mal perpetrado e assim move a "recusa" dos Deuses (*phthónos*). Tantas mortes e tanta dor denunciam algo excessivo no empenho por justiça dos justiceiros Atridas. Além dos que reduzidos a cinzas foram remetidos aos seus, outros permanecem em Ílion, com a formosura preservada pela inumação, intactos em suas tumbas, a ocuparem assim a terra conquistada que, no entanto, os cobriu, inimiga.

A palavra tem sua própria força e a imprecação pública se cumpre assistida pela potestade numinosa que nela reside. Na terceira antístrofe, o coro se angustia, temeroso de ouvir "algo recoberto por noite" (*A.* 460). O exame esmiuçado do amplo quadro da guerra, desde a gênese e conseqüência do delito de Páris até a dor imensa dos lares argivos donde muitas vidas viris foram ceifadas e onde se recolhe a voz silenciosa do murmúrio público, esse exame impõe o reconhecimento de que o grande altar de Justiça não pode ser violado sem que esses violadores se encarreguem de sua própria destruição. No empenho por Justiça dos Atridas reproduz-se o mesmo excesso que antes cegara Páris. O sinal noturno do fogo, ao anunciar a vitória, poderia ocultar na jubilosa notícia indícios angustiantes de que Justiça impende sobre a cabeça dos que se arrogam impô-la.

Reconhecendo pelo exame dos acontecimentos a colaboração dos Deuses vigilantes, das negras Erínies e de Zeus a coibirem e a punirem a soberbia transgressora e seus injustos excessos, o coro distingue o que para o homem é o melhor, determinando-o como a "riqueza sem recusa", a riqueza que não suscita a recusa dos Deuses, nem concita a inveja dos homens (*áphthonon ólbon*, *A.* 471). Tendo em vista que transgressões e excessos suscitam cada vez a "recusa" dos Deuses, o coro deseja para si eqüidistância dos extremos: nem seja conquistador de cidadelas, nem seja prisioneiro de outrem.

O epodo retorna ao que motivou o exame dos acontecimentos e a reflexão contemplativa do grande altar de Justiça: a voz do fogo noturno e seu anúncio. A ser verdadeiro esse anúncio, suas possíveis conseqüências são tão angustiosas e atemorizantes, que o coro prefere recuar do assentimento já dado à verdade desse anúncio. A voz percorre célere a cidade. É verdadeira ou é uma ludibriante aparência com que Deus experimenta o discernimento dos mortais? Nas falas da rainha Clitemnestra, intérprete do anúncio, transparecia convicção: "Tróia é de aqueus" (*A*. 269).

Como antes a presença imperial da rainha trouxera um momento de alívio às aflições, agora, percorridos os longos caminhos da contemplação, e contempladas as determinações inerentes ao grande altar de Justiça, só a ruptura com a convicção que se compartilha com a rainha poderia serenar o ânimo.

A ruptura com a convicção da rainha se dá à custa do desprestígio da figura feminina representada pela rainha. Só assim se poderia escapar às vislumbradas conseqüências do anúncio que a rainha interpretou com tão eloqüente convicção.

O ARAUTO

Poderíamos imaginar, mais coerentemente com o sentido do texto, que o segundo episódio se organiza em três cenas, sendo a primeira e a terceira separadas pela sobranceira reaparição da rainha Clitemnestra. Para essa tripartição cênica do segundo episódio, seria necessário desconsiderar as indicações que nos manuscritos atribuem os versos 489-500 a Clitemnestra e 501-2 ao corifeu; nisso estaríamos acompanhando um bom número de editores e estudiosos desta tragédia, que singelamente declaram errôneas essas indicações dos manuscritos, datadas provavelmente da tardia Idade Média (Frankel, *ii* 253).

Se assim é, cabe ao corifeu, nesses versos 489-502, anunciar a chegada do arauto. A alternativa "se são verazes ou se à maneira dos sonhos iludiram o espírito", referindo-se aos sinais do fogo, parece mais condizente com a hesitação e recuo do coro do que com a convicção e firmeza da rainha. O arauto dirá claramente mais que o aceno do fogo pôde dizer. Os votos de felicidades com que se conclui a fala dão expressão à boa índole, política e diplomática, do coro (e do corifeu); os mesmos votos se convertem em imprecação contra quem não os compartilha e subverte.

A saudação efusiva que o arauto dirige primeiro ao "solo ancestral e terra argiva" (*A.* 503) faz supor que ele se prostre, abrace e beije o chão, gesto reverencial com que os viajantes antigos manifestavam reconhecimento à terra pátria ou simplesmente à terra que os acolhia, como Odisseu ao chegar a Esquéria (*Odisséia* 5, 463) ou a Ítaca (*idem* 13, 354). A saudação à terra e à luz do Sol se estende a Zeus e a Apolo, aos Deuses conjuntos e a Hermes, patrono dos arautos, e ainda aos heróis pátrios, dando voz à gratidão de ter sobrevivido aos perigos e à súplica por melhores dias e por acolhida favorável. Por fim ele se dirige ao palácio mesmo, aos veneráveis assentos ("augustas sedes") e às estátuas sagradas voltadas para o nascente ("Numes defronte do Sol", *A.* 519), que adornam a fachada do palácio e constituem o cenário, pedindo-lhes acolhida condigna do rei, desse rei que vem "trazendo luz dentro da noite", "luz comum". O nome mesmo do rei fecha o anúncio de que ele vem e traz a "luz", isto é, a salvação, aqui entendida como a segurança do governo e a paz social (*A*. 522-s.). O rei, porém, no dizer do arauto, deve ser saudado não só pelo que traz aos seus, mas ainda pelo que já fez: a destruição de Tróia (*A*. 525). A anunciar essa notícia, o arauto revalida sombrias previsões, vislumbradas pelo coro na longa meditação do primeiro estásimo, previsões que o fizeram recuar do assentimento já dado a essa notícia, quando primeiro anunciada pela rainha.

Na perspectiva dessa vitória e como porta-voz do rei vitorioso, o arauto descreve a devastação do solo como cultivo, a ofensa aos Deuses como ato cultual:

> ele revolveu Tróia com a enxada de Zeus
> portador da justiça, lavrado está o solo.
> Altares desaparecidos e estátuas de Deuses
> e a semente da terra está toda perecendo. (*A*. 525-8)

Confirmam-se assim as palavras com que a rainha exprimira seus temores pelo exército argivo:

> Se temem os Deuses tutelares do país,
> os da terra vencida e templos dos Deuses,
> vencendo não seriam outra vez vencidos. (*A*. 338-40)

Na perspectiva da vitória e como porta-voz do rei vitorioso, devastação e destruição se descrevem como um ato sublime e o autor dele como "o mais digno dos mortais" entre seus contemporâneos (*A*. 531). A exaltação dessa conspícua autoria contrasta fortemente com a atitude do coro, para cuja sensibilidade "grave é o grande alarde de glória" (*A*. 467-s.).

A figura vulgar do arauto, sem outro nome que o de sua função, revela mais do que o mero desempenho da função, porque revela bem mais do que ele próprio sabe e pode perceber. Sua figura contrasta diversamente com o coro e com a rainha, e depois com o recém-chegado rei.

Homem simples e fervoroso, manifesta sem restrições seu júbilo pelo retorno à pátria e no diálogo com o corifeu descobre com certa surpresa que saudades recíprocas afligiam tanto os que foram quanto os que ficaram. Pergunta então ao corifeu por que tiveram que passar por essa lúgubre tristeza: "donde esse triste horror atou-se à tropa?"(*A*. 547). Essa questão, casualmente colocada, casualmente incide sobre o motivo e eixo das meditações do coro, cuja resposta ("há muito tenho o calar por remédio do mal", *A*. 548) evidencia uma disposição de espírito em tudo contrária à do arauto. Este, que vê no seu retorno à pátria em companhia do rei a inesperada salvação de incontáveis males, replica: "Como? Ausentes os reis (Menelau e Agamêmnon), temias alguém?" (*A*. 549). O retorno do rei vitorioso já não tem para o coro, após suas meditações, o mesmo significado que antes, nem o mesmo significado que para o arauto. Por isso, o corifeu dá às palavras de júbilo do arauto ("alegro-me e a morte aceito aos Deuses", *A*. 539) um terrível sentido: seria "grande graça a morte agora" (*A*. 550), não por ter alcançado a completa felicidade do arauto, mas porque já se temia e agora ainda mais se teme pelo pior.

Incapaz de perceber o angustioso temor que para o corifeu torna "grande graça a morte agora", ou, talvez, fatigado demais para dispor-se a percebê-lo, o arauto se apressa a concluir que "está bem feito" o que se fez em tão longo tempo cheio de tribulações, pois só a vida dos Deuses é de todo isenta de males (*A*. 551-4). Enumera fadigas, desconfortos, perigos e males sofridos durante a campanha como males pretéritos sobre os quais prevalecem o ganho da vitória perene e o regozijo por ela. Fama a propagará por mares e terras, ainda quando seu esplendor se tornar prístino. Assim há de ser o louvor de Argos e de seus reis, e a honra à graça de Zeus (*A*. 555-82). — O coro acolhe com indulgência o conselho do arauto e anuncia Clitemnestra (*A*. 583-6).

Segunda cena. Altiva, a rainha desdenha de ouvir pormenores do relato e com esse desdém reitera e realça tanto a sua majestade e domínio quanto a sua convicção de que a notícia trazida por Hefesto é veraz. O arauto percorreu longas distâncias para dar uma notícia cujo completo significado e implicações ignora. A rainha, permanecendo em seu palácio, tem o domínio das distâncias e o conhecimento do que essas distâncias ocultam. Recusando-se a ouvir o arauto, a rainha acentua esse contraste.

Ao mencionar a repreensão sofrida por crer na mensagem do fogo (*A.* 590-2), a rainha escarnece de seus detratores, não especialmente do corifeu, mas de detratores a quem o coro ecoou no epodo do primeiro estásimo (*A.* 475-87). Nesse epodo, acusa-se de puerilidade, de aturdimento e de açodamento fadado à decepção a pronta acolhida dada à mensagem do fogo. Essa acusação se formula em termos de incompatibilidade entre o caráter feminino e os requisitos do comando, por um lado, e por outro, entre a proclamação da glória e a condição de mulher. Assim formulada essa acusação apenas ecoa o consenso de que a glória (*kléos*) é essencialmente viril e estranha à condição feminina. Esse consenso predomina por toda a cultura grega e resume-se nas palavras que Péricles em sua oração fúnebre dirigiu às viúvas: "grande será a glória daquelas de quem menos se falar, quer pelas virtudes, quer pelos defeitos" (Tucídides, II, 45, 2). — De seus detratores, tão bem escorados num consenso tradicional, a rainha se vinga e escarnece não só pela confirmação mesma que o arauto traz à sua acolhida da mensagem do fogo, mas ainda pela adesão que essa sua acolhida teve na cidade. Por seguirem o exemplo da rainha, ou por darem cumprimento às suas ordens, o alarido ritual à maneira das mulheres espalhava-se entre os cidadãos, e os altares dos Deuses se acendiam com oferendas odoríferas (*A.* 594-7).

A ouvir, Clitemnestra prefere falar, através do arauto, de si mesma ao rei. Sua estatura numinosa confere a seu discurso sobre si mesma uma ambigüidade que permite entendê-lo sob dois pontos de vista: o da humanidade do arauto e o do destino heróico. O primeiro é o da compreensão imediata que verifica estar tudo aparentemente bem. O segundo é o do olhar que abarca o presente e o porvir, e assim vê no discurso presente os sinais prenunciadores do porvir. Só pelo segundo ponto de vista é possível perceber que o "marido" (*pósei*, *A.* 604) é o "amado do país" (*erásmion pólei*, *A.* 605), mas não da esposa; e que ao vir verá no palácio a mulher "fiel tal qual deixou" *A.* 606-s.), com inalterado propósito de vingança e nenhuma fidelidade; o "cão do palácio" (*domáton kýon, A.* 607) não é o cão de guarda, mas a cadela que trai o companheiro; "leal a ele" (*esthèn ekeínoi, A.* 608) refere-se não a ele, o marido, mas àquele outro, o amante; "inimiga dos desafetos" (*polimían toîs dýsphrosin, id.*) inclui Agamêmnon entre esses; por fim, "banho do bronze" (*khalkoû baphás, A.* 612) não se refere à arte metalúrgica, que ela efetivamente desconhece, mas ao sangramento por bronze, que ela saberá executar tão bem quanto sabe entreter-se com o amante.

A duplicidade das palavras de Clitemnestra repercute nas do corifeu, quando este ressalta que a transparência delas depende de entendê-las "por claros intérpretes" (*A.* 616). Seria o alerta, permitido pela discrição do corifeu (ou possível à sua inépcia a agir), para que o arauto se voltasse ao segundo e velado sentido das palavras da rainha e assim pudesse transmitir ao rei também essa segunda e velada mensagem?

A terceira cena, após a saída de Clitemnestra, indagado pelo corifeu a respeito de Menelau, o arauto se sente coagido a falar da tormenta e do naufrágio que destroem parte da armada argiva e tornam ignorado o paradeiro de Menelau e de seu navio. Ainda que se esforce por ser "o bom mensageiro da salvação" (*A.* 646), como o arauto poderia deixar de falar "de procela por ira divina contra aqueus"? (*A.* 649)

Fogo e mar, elementos antes inimigos, conjuraram e mostraram o seu pacto na destruição parcial da esquadra argiva, fazendo o mar Egeu florir com cadáveres de aqueus e com restos de naufrágios. A cólera dos Deuses se revela na tempestade e na fúria dos elementos. Os mais sombrios temores do coro e os mais hipocritamente manifestos receios da rainha encontram confirmação nesse relato da tormenta e da perda de navios. "O estrênuo par de Atridas honrado por Zeus com dois tronos e dois cetros" (*A.* 42-3) está separado pela incerteza do paradeiro de Menelau. As palavras ominosas e cheias de temor pelo destino dos Atridas são corroboradas por esse arauto de quem não se pode duvidar.

O NOME E O NUME

A arcaica percepção das palavras como potestades numinosas que atuam sobre os seres e os acontecimentos não só disciplinou e clarificou o uso das palavras entre os antigos, mas também originou a antiqüíssima crença de que o nome de cada um traz consigo a (des)velada indicação do destino e das implicações desse destino. O nome anuncia o Nume que se revela nos acontecimentos como destino. O nome, o ser nomeado e os acontecimentos nos quais o ser do nome se desdobra e se explicita configuram um leque de imagens do que os transcende e determina: o Nume de que são imagens o nome, o ser nomeado e o seu destino. Toda uma série de sinais sensíveis se faz indícios do invisível Nume para quem sabe perceber e compreender esses indícios e assim tanto revela a invisível presença aos que o sabem, quanto a encobre aos que o não sabem.

A primeira estrofe do segundo estásimo pergunta pela invisível autoria dessa articulação em que os sinais se deixam ler com tanta nitidez. Quem com tanta clarividência daria nome ao assim nomeado, senão a mesma potestade que preside ao cumprimento do destino e das suas implicações? "Quem afinal deu nome" (*A.* 681), não o vemos, nem o conhecemos, de um ponto de vista apenas humano (que é o ponto de vista próprio do coro), mas a obra de uma extraordinária presciência se deixa perceber ao rés do visível, na relação entre o nome e o curso dos acontecimentos.

Os epítetos "belinubente e litiginosa", junto ao nome de Helena, criam um perturbador paradoxo. "Belinubente" (*dorígambron*, *A.* 686), que em sua composição reúne as noções antitéticas de "guerra" (*dorí-*) e "núpcias" (*-gambron*), possivelmente significa "esta cujas núpcias suscitaram guerra". "Litiginosa" (*amphineikê*, *A.* 686) fala de contenda a envolver homens, como Menelau e Páris. O nome de Helena, por ser desde Homero considerada filha de Zeus e de beleza sem igual entre mortais, evoca o esplendor e a graça, a sublime proximidade do poder supremo. No entanto, precedido por esses epítetos, o nome de Helena comporta, além da graça luminosa e jovial, um outro aspecto sombrio e cruel. À maneira dos trocadilhos arcaicos, freqüentes em Hesíodo e Heráclito, o nome de Helena é analisado e revela um abominável sentido:

> *helénas, hélandros, heléptolis* (...) (*A.* 689-90)

> é lesa-naus e lesa-varões
> e lesa-país (...)

O relato do mensageiro a respeito da tempestade e naufrágio, quando se perderam os navios de Menelau, explica a primeira variante *helénas* ("é lesa-naus"); a segunda e terceira, *hélandros, heléptolis* ("e lesa-varões e lesa-país"), são explicadas pelas perdas em combates e em naufrágios e pela queda de Tróia. O nome de Helena anuncia, além do destino dela, muitos outros, alheios ao dela. O contraste entre esses muitos outros destinos e o dela ressalta, desde já, nas condições de navegação para esta e para os outros. Ela navegou "ao sopro do gigante Zéfiro" (*A.* 692), numa viagem nupcial, com doçura e a segurança de ter a seu serviço o amável vento Zéfiro, que se apresenta como solícito gigante. Os outros "muitos varões escudados caçadores" (*A.* 694), à caça de "invisível vestígio de remos" (*A.* 695), navegaram movidos "por sanguinolenta Rixa" (*A.* 698).

O que há de graça jovial e de sombrio horror na presença de Helena em Tróia é dito por uma só palavra e por sua dubiedade. *Kêdos* (*A.* 699) significa "núpcias", "aliança", mas também "funerais", "luto", e assim designa o modo de a executora Cólera exigir reparação da ofensa a Zeus patrono da mesa hóspeda (*xynestíou Diós, A.* 704). O júbilo da festividade nupcial, mas também o horror dos extermínios e da escravidão, júbilo e horror, juntos, coincidem na simplicidade deste nome correto — *kêdos* — para uma "lutuosa aliança" (*A.* 699). O nome correto, em sua ambígua simplicidade, encerra a mesma acerba ironia que a figura mesma de Helena, cuja amorosa serenidade traz consigo a Tróia os varões que executora Cólera armou e sanguinolenta Rixa pôs em ação. Tal como os acontecimentos explicitaram o verdadeiro sentido do (destino anunciado pelo) nome de Helena, também explicitaram o outro (não mais inaparente e também verdadeiro) sentido da aliança nupcial de Helena e Páris. Quando apareceu esse não mais inaparente sentido, os que antes cantaram em seus esponsais passaram a chamá-lo "o pavoroso noivo" (*ainólectron*, A. 712). Festejadas as núpcias, veio o assédio e a vida da cidade se fez plangente, cheia de mortes e de prantos por seus mortos.

A situação de Tróia se deixa descrever na parábola do homem que criou em casa um filhote de leão (A. 717-36). Durante a infância, carente de cuidados alheios e grato por eles, foi inerme e doce folguedo para crianças e anciãos, mas ao chegar à maturidade mostrou a índole de seus pais e sem convite fez sangrento banquete com o rebanho da casa, como um divino sacerdote de Furor. Quem criou em casa tão insólito hóspede foi pago com dor e destruição.

A terceira estrofe (*A.* 737-49), através da sobreposição de imagens, opera uma tríplice identificação: 1) a do manso filhote com a suave Helena, 2) a do leão sacerdote de Furor com a fatídica Helena, e 3) a da ambígua Helena com Erínis emissária de Zeus Hóspede. Essa terceira e conclusiva identificação traz consigo simultaneamente uma outra: a punitiva Erínis enviada por Zeus é o estrênuo par de Atridas Agamêmnon e Menelau (*A.* 59-62). O leão são também os Atridas, porquanto é a Erínis, que é a numinosa Fúria (*Áte*), manifesta como o Nume (*Daímon*) comum desta família e deste palácio: dos Atridas. Por essa equação das Erínies como Nume comum da família em seu palácio, o leãozinho (*sub specie alegoriae*) se torna imagem da Erínis e assim se torna possível entendê-lo como imagem de cada um dos diversos habitantes do palácio. A hermenêutica alegórica não hesitou em entendê-lo como Agamêmnon, Menelau, Clitemnestra, Egisto e enfim e principalmente Orestes. A explicitação de cada uma dessas possibilidades de entender-se o leãozinho pode-se por ora postergar. Convém antes concluir o que se refere à equação mesma leãozinho-Helena-Erínis.

A terceira estrofe sobrepõe imagens descritivas da presença de Helena (*A*. 737-43) às descritivas da presença de Erínis (*Erinýs A*. 749).

A terceira antístrofe (*A*. 750-62) recorre à doutrina tradicional da épica e da lírica gregas para compreender o sentido desse desvio da presença de Helena em presença de Erínis. Diz essa doutrina que esse desvio é inerente à natureza da "grande opulência humana":

> Prístino entre mortais velho provérbio
> diz: quando grande
> a opulência humana
> procria e não morre sem filho.
> Da boa sorte, na família,
> a insaciável miséria floresce. (*A*. 750-6)

No contexto dessa doutrina, a palavra "grande" (*mégas*, *A*. 751) tem forte sentido pejorativo de "soberbo", *exempli gratia*, o uso homérico de *méga eipeîn* ("dizer palavras soberbas"), *méga phroneîn* ("ter pensamentos soberbos"). Nesse sentido, "a grande opulência humana" é uma das figurações da *hýbris* ("soberbia"); por isso, "não morre sem filho", mas sempre a segue "a insaciável miséria".

Essa doutrina legada pela épica e pela lírica, o coro a reatualiza nos termos de suas próprias reflexões, revalidando-a por si mesmo:

> Mas sem os outros a sós penso:
> que o ato ímpio
> depois se multiplica
> símil à sua origem,
> pois nas casas com reta justiça
> belo filho é o quinhão sempre. (*A*. 757-62)

O caráter soberbo da grande opulência é sublinhado pelo coro como "o ato ímpio"(*tò dyssebès érgon*, *A*. 758), pois a "opulência" se diz "grande" por subsumir atribuição própria dos Deuses: a grande opulência é intrinsecamente uma forma de impiedade para com os Deuses. Tanto para "o ato ímpio" quanto para "as casas com reta justiça", a natureza dos pais se manifesta na dos filhos, e assim é que um e outro se perpetuam e cada vez se mostram.

A quarta estrofe faz avançar a explicitação da grande opulência como ato ímpio, definindo-o como "soberbia antiga" e ao seu resultado dela como "soberbia nova", dada a natural identidade de pais e filhos, para o ato ímpio como para tudo o mais. A soberbia, por ser opulência, é prolífica e em sua terrível grandeza se multiplica a si mesma: "no dia próprio do parto", a soberbia precedente ressurge em um novo ato ímpio, trazendo à luz a revelação de sua verdadeira essência, a de um incombatível e invencível "Nume" (*Daímona*, A. 768), visível como manifestação dessa "audácia ignorante do sagrado" (*aníeron thrásos*, A. 769), cujos agentes são mortais e cujo transcendente sujeito é a "negra fúria" (*melaínas... átas*, A. 769-70). Na audácia infensa ao sagrado sopra o hórrido hálito de Erínis, cujo outro nome e face é *Áte*, essa fúria, erronia ou cegueira que leva o obcecado a agir em detrimento de seus próprios interesses, precipitando assim sua ruína.

A quarta antístrofe completa a explicitação da grande opulência como ato ímpio, contrapondo-a à luz de Justiça (*Díka*, A. 773). O esplendor de Justiça ultrapassa o âmbito da opulência, transpassa limites de condições sociais, por se manifestar na forma de existência da "insigne vida" (*enaísimon... bíon*, A. 775). Infensa ao poder da riqueza conquistada com mãos sórdidas, alheia ao torto louvor desse poder, próxima à pureza dos puros, Justiça — por ser uma das figurações de Zeus — "dirige tudo ao termo" (A. 781).

VINDO O REGRESSÁRIO DIA

Vindo o regressário dia, como receber o Rei, com toda justiça? Essa questão, posta pelo coro (*A.* 785-s.), é respondida, de dois pontos de vista diversos, pelo coro e pela rainha Clitemnestra. Na fala do coro, enuncia-se o ponto de vista do homem em seu contexto político (*pólin oikouroûnta politôn*, "dentre cidadãos assíduos na cidade", *A.* 809). Na fala de Clitemnestra, o ponto de vista do herói em sua relação individual com o divino (*thései dikaíos syn Theoîs t'heimarméne*, "fará com os Deuses o justo destino", *A.* 913).

O coro indaga ao rei como saudá-lo, e ao interrogá-lo manifesta o seu reconhecimento do rei como benfeitor. Nesse reconhecimento, insere-se um conselho ao rei: de que saiba reconhecer e distinguir entre os cidadãos "o com justiça e o sem medida" (*tón te dikaíos kaì tòn akaíros*, *A.* 807).

Os "sem medida" privilegiam a aparência, antepondo-a ao que sentem e são; os "com justiça" se expõem como se sentem e são. Porque o coro assim se expõe, deixa-se ver nele uma mudança de atitude perante o rei. A condenação, anteriormente feita pelo coro, do sacrifício e da expedição como ato demente (*parakopá*, *A.* 224), converte-se agora em "bom sentimento" (*eúphron*, *A.* 808) para com o "bom cumprimento da lida" (*pónon eû telésasin*, *A.* 806). Tanto essa mudança de atitude como a exposição dela são apresentadas pelo coro como índices da transparente justiça com que fala. Assim como o rei sabe distinguir a justiça dessa reconhecedora e reconhecida fala do coro, também saberá com o tempo reconhecer a justiça nas falas e nos atos dos cidadãos.

A fala do coro manifesta dupla conversão. A atitude do coro perante o rei se converte de condenação de ações reais como mísera demência (*tálaina parakopá*, *A.* 224) em reconhecimento delas como benefício (*kairòn kháritos*, *A.* 787). O sentido das ações do rei se converte de condenável em louvável; o que se poderia dizer *hýbris*, a saber, o sacrifício de Ifigênia, a devastação de Tróia e a destruição de santuários, é suplantado pelo que se reconhece como benefício (*kháritos*, A. 787):

> Agora de todo coração com amizade
> sou grato a quem bem cumpriu a lida. (A. 805-s.)

Por essa dupla conversão, a fala do coro afirma e justifica sua conciliação com o rei e sua confiança na justiça do rei:

> conhecerás com o tempo inquirindo
> o com justiça e o sem medida
> dentre cidadãos assíduos na cidade. (A. 807-ss.)

O rei Agamêmnon, diante do palácio, primeiro saúda "Argos e os Deuses regionais", alegando que assim é de justiça e declarando que os Deuses regionais são, com ele, o rei, os causadores do regresso e da justiça, que ele, o rei, exerceu sobre o país de Príamo (*pólin Priámou*, A. 810-ss.).

O rei não só se dirige aos Deuses e à cidade antes de dirigir-se aos cidadãos, mas ainda se apresenta como o agente dos Deuses (que com ele são os causadores da ação) e descreve o seu próprio poderio militar e sua ação em Tróia como "carnívoro leão" e sua carnificina (*omestès léon*, A. 827-ss.) Essa descrição de ação, cujo agente é humano e cujo sujeito (*m etaítious*, A. 811) são os Deuses, associada à imagem de "carnívoro leão" evoca tanto a parábola do leãozinho que uma vez adulto se revela "por Deus um sacerdote de Furor" (A. 735), quanto a Erínis enviada por Zeus Hóspede contra Alexandre (A. 59-ss.).

O magnificente rei Agamêmnon tem algo de excessivo em sua magnificência: a excessiva confiança em seu próprio poder e na amizade dos Deuses para consigo mesmo. Sob esse aspecto, o retrato de Agamêmnon nos versos de Ésquilo coincide inteiramente com o da *Ilíada*, onde, por exemplo, ao interpretar o sonho enganoso enviado por Zeus, essa excessiva confiança em seu próprio poder e na amizade dos Deuses para consigo mesmo o leva ao desastre (*Il.* II *et passim*).

Depois do proêmio consagrado aos Deuses e à sua afinidade com os Deuses, o rei se digna examinar o conselho (*phrónema*, A. 830) do coro e o faz confiante em sua experiência e no discernimento que essa experiência lhe trouxe e comprovou.

A conciliação que o coro lhe propõe, o rei a aceita irrestritamente: "concorde e condizente estou contigo" (*A*. 831). Essa conciliação se funda no "congênito respeito sem inveja por amigo fausto" manifesto pelo coro e reconhecido pelo rei experiente e experto do "espelho social, imagem de sombra" em que "são aparentes os benévolos" para com o rei, porque nesse "espelho social" predominam os "sem medida", os que privilegiam a aparência antepondo-a ao que sentem e são. O rei também pode observar em seu convívio uma honrosa exceção dessa predominância: Odisseu se mostrou ao rei como "pronto parceiro" (*hetoîmos... seiraphóros*, *A*. 842), onde "pronto" significa "verdadeiro" (*hetoîmos*, *A*. 842), e "verdadeiro" implica o sentido de "o com justiça" (*tòn te dikaíos*, v. 808).

O rei fala da atitude de Odisseu para com ele, o rei, como de "o com justiça" "pronto parceiro" e mostra essa atitude como a mesma atitude do coro perante o rei. O coro e Odisseu têm em comum que a primeira recusa e negativa de adesão à causa da guerra é seguida de justo reconhecimento da "medida do benefício" (*kairòn kháritos*, *A*. 787).

A magnificência do rei ilumina o "sonho à luz do dia" (*ónar hemeróphanton*, *A*. 82) da decrépita velhice do coro com o esplendor dessa similaridade com o herói Odisseu ("fale eu dele morto ou ainda vivo", *A*. 843), apresentado como o verdadeiro modelo de justiça (e, portanto, de piedade). (Eis outro traço homerizante desse retrato de Agamêmnon dos versos de Ésquilo.)

Além desse fino elogio ao coro, o rei se pronuncia por um governo transparente e democrático, contemporâneo da pólis, não só pela vocação democrática, mas também pelas metáforas de procedimentos médicos como as medidas administrativas do governo:

> reunido o povo em assembléia geral,
> deliberaremos: como o que está bem
> ficará bem, com o passar do tempo,
> e para quem pede saneadores remédios
> ou cautério ou incisão prudente
> tentaremos reverter o mal da doença. (*A*. 845-50.)

A correlação entre medicina e política, da doutrina socrática exposta no *Górgias* de Platão, está implícita nas imagens de procedimentos médicos usadas como metáforas de desempenho político.

A ironia dessas palavras do rei e do coro consiste em que o rei não dispõe desse tempo (*khrónoi*, A. 807; *khronízon*, A. 847) necessário ao exercício da medicina política: ele só dispõe da "oportunidade da graça", que em termos políticos o coro designa como "medida do benefício" (*kairòn kháritos*, A. 787).

A fala da rainha Clitemnestra manifesta uma aparente inversão de perspectiva.

A rainha primeiro se dirige ao coro, e não ao marido a quem vê pela primeira vez em dez anos, e fala da "vida difícil de suportar" durante o cerco de Ílion, como vivida pela mulher sentada em casa em Argos. Dupla inversão de perspectiva: aparentemente a perspectiva se desloca do espaço público de combate em Tróia (descrito na fala do rei ao coro) para a intimidade doméstica em Argos; ao que parece, o ponto de vista do herói em sua relação individual com os Deuses é substituído pelo ponto de vista meramente humano da mulher sentada em casa.

A aparente veracidade da fala da rainha vem de que fala ciente não por arauto, mas por si mesma e fala do "horrendo mal", a aflição da esposa em casa, a ouvir perversos rumores da morte do marido ausente. Tantos rumores, causa de tantos sofrimentos, suscitam insegurança e pedem providências relativas à segurança: motivo da ausência de Orestes, jovem filho do casal, abrigado como hóspede por Estrófio na Fócida. Os prolongados sofrimentos, o desejo de morrer ao ouvir tantas falsas notícias da morte do marido ausente, estancaram o pranto e assim a sofrida rainha, com ânimo tornado impassível pelo sofrimento (*apenthétoi phrení*, A. 895), recebe por fim o marido, com sereno e plácido sentimento de salvação e de segurança enfim reencontrada.

Quando a rainha finalmente se dirige ao marido, tendo já descrito por diversas imagens de salvação e de segurança o seu sentimento para com ele, prepara-se para recebê-lo com honras dignas de um Deus, acolhida condigna do sentimento dela para com ele, já que tantos males suportados afastam a inveja (*phthónos*, A. 904).

Ao rei, de quem se fala como agente de Deus e que assim se apresenta, a acolhida há de ser digna de um Deus, ausente a inveja.

A fala da rainha, ao propor essa acolhida e ao justificá-la, torna-se ambígua, pois, além do sentido imediatamente percebido de um ponto de vista meramente humano, um outro sentido se deixa perceber de um ponto de vista numinoso que abarque acontecimentos ainda futuros.

> Rápido se cubra de púrpura o acesso
> à casa inopina a que Justiça o guia.
> No mais, a mente não vencida por sono
> fará com os Deuses o justo destino. (*A.* 910-ss.)

Num primeiro sentido, imediatamente perceptível, "púrpura" é a cor dos magníficos tapetes à entrada do palácio real, aonde os Deuses com justiça reconduzem o rei, quando já não se esperava. Sob outro ponto de vista, que abarque o presente e o porvir, "púrpura" é a cor do sangue derramado ante as portas do palácio de Hades, aonde um homicídio, perpetrado pela rainha como execução de Justiça, precipitou o rei. Num primeiro sentido, o sujeito de "fará" (*thései, A.* 913) é o rei; sob outro ponto de vista, o sujeito desse verbo é a rainha.

Ante a ambigüidade dessas palavras da rainha, qual a atitude do rei?

Ante a ambigüidade da oferta dessa acolhida digna de um Deus oferecida ao rei, qual a atitude do rei?

O rei considera as palavras da rainha adequadas à ausência dele, tão longas quanto essa, mas, já que o quinhão de insigne louvor tem que provir dos outros, não quer requintes à moda de mulher, nem quer ser aclamado à maneira de bárbaro com prostração, nem quer que os seus passos se tornem sujeitos à recusa dos Deuses e à inveja dos homens (*epíphthonos, A.* 921), por causa de tapetes purpúreos, já que os Deuses assim se devem honrar.

O rei aceita que o honrem como a homem, não como a Deus, porque teme a recusa dos Deuses e a inveja dos homens (*phthónos, A.* 947) e sabe que o insigne louvor vem, não de sua própria esposa, mas dos outros, dos estranhos: a fama fala sem tapetes nem enfeites.

Para demover o rei dessa posição e persuadi-lo a aceitar uma acolhida com tapetes enfeitados, digna de Deuses, a rainha argumenta de modo a refutar e eliminar uma a uma todas as razões que o impediam de aceitar essa acolhida.

Primeiro a rainha lhe cobra sinceridade de sentimento ao responder ("diz-me isto, não contra o que sentes", A. 931), e, com a palavra do rei a garantir o seu empenho de sinceridade nas respostas, a rainha lhe faz uma pergunta tão simples quanto ambígua: "Por temor aos Deuses prometerias esse ato?" (A. 933).

Por sua simplicidade, essa pergunta recai sobre uma possibilidade não presente, fosse ela pretérita ou imaginária. Trata-se da possibilidade de fazer algo além do que consuetudinariamente se considera lícito aos homens mortais fazer, como, por exemplo, receber honras como se honram os Deuses (Essa possibilidade, entretanto, foi realmente vivida por Agamêmnon, em Áulida, durante o inverno anterior ao embarque das tropas para Tróia). Naquele inverno, sob pressão dos aliados, por temor de se ver destruído como desertor da aliança guerreira, o rei ultrapassou os limites do que sói ser lícito aos mortais e tornou-se o sacrificante de sua própria filha.

Por sua ambigüidade, essa pergunta incide tanto sobre a presente oferta de acolhimento, feita pela rainha ao rei, na qual se configura essa possibilidade imaginária, quanto sobre aquela situação pretérita, em que essa possibilidade foi realmente vivida pelo rei. Preso à sua palavra de empenhar sinceridade nas respostas, o rei replica em conformidade com os acontecimentos por ele vividos outrora, incluída a cláusula de que "se um competente sábio tivesse indicado esse rito" (A. 934).

Nessa réplica do rei está implícito o consentimento em aceitar a oferta da acolhida "se um competente sábio tivesse indicado esse rito". Ao pedir que o rei repita o ato de ultrapassar os soentes limites consuetudinários do que é lícito aos mortais fazer, a rainha implicitamente lhe pede que ela valha junto ao rei tanto quanto competente sábio. Para que o rei lhe conceda esse segundo implícito pedido, o rei há de aceitar a oferta de acolhimento feita pela rainha, — e assim posto o pedido, o rei há de lhe conceder o pedido porque nessa concessão também se manifesta a magnificência do rei.

Para demonstrar ao rei que é próprio da magnificência "esse ato" (*hôd' hérdein táde*, *A.* 933), a rainha pergunta ao rei: "que lhe pareceria que Príamo teria feito, se pudesse?" Parece-lhe que Príamo andaria sobre os enfeites (*A.* 935). Assim, a rainha implicitamente refuta e elimina a razão alegada pelo rei segundo a qual não aceita a oferta de acolhimento por serem "modos de mulher" (*gynaikòs en tópois*, *A.* 918) ou "maneiras de bárbaro" (*barbárou photòs díken*, *A.* 919); não o são, pois são próprios da magnificência do rei.

A argumentação da rainha apresenta uma primeira conclusão: se assim lhe parece, a saber, se é próprio da magnificência de rei agir assim, ao agir assim não se há de ter pudor de que os homens mortais o reprovem (*A.* 937).

O rei tem um forte óbice a essa conclusão: o pudor de que o reprovem se deve a que "a fama proclamada pelo povo tem grande força" (*A.* 938). O óbice a aceitar a oferta é o reconhecimento da grande força da fama, o que inclui tanto o pudor da reprovação mencionado pela rainha (*A.* 937), quanto a certeza de que o "insigne louvor" tem que vir de outros, de estranhos (*A.* 916-s.) e não da própria esposa.

A rainha propõe uma releitura da grande força da fama e de sua relação com a realeza, uma releitura que se confirma com a experiência vivida e declarada pelo rei mesmo. A força da fama se manifesta como reprovação (*pségos*, *A.* 937) ou como louvor (*aineîn*, *A.* 916). O rei sabe por experiência e o declara que poucos mortais têm inato respeito sem inveja (*áneu phthónon*) por amigo bem-sucedido (*A.* 832-ss.). Dessa declarada experiência do rei se serve a rainha para convencer o rei que é inerente ao fausto da boa fortuna e da realeza ser alvo de inveja ou de reprovação, quando lhe assevera que "quem não desperta inveja não merece zelo" (*A.* 939).

Eliminados o óbice a aceitar e as razões de não aceitar, que admira o rei?

Ao rei admira que um tal desejo de combate se manifeste em mulher (*A.* 940). A rainha não (se) permite mudar o sentido da conversa e repete-lhe a sua oferta de acolhida e o seu pedido de que a aceite. Neste novo pedido, recorre à ambígua declaração do rei, segundo a qual os Deuses são com ele, o rei, os causadores da vitória e do regresso (*A.* 811-ss.). A tal magnificência do rei, a rainha agora dirige o seu pedido: "aos faustos convém deixar-se vencer" (*A.* 941).

À magnificência do rei convém anuir a pedido tão estimado, pois aos faustos e opulentos (*olbíois, id. ib.*) convém deixar-se vencer. Tanto a rainha estima a vitória nesta porfia, que reitera o seu mesmo pedido ao rei com toda a clareza de ser tão simples quanto ambíguo. Na forma mais plena do pedido, diz-lhe a rainha: "persuade-te, dá-me de bom grado poder" (*A.* 943).

A tal pedido é inerente que se conceda anuência?

Simples e ambíguo: por sua simplicidade esse pedido diz respeito a uma possibilidade presente e imediatamente realizável:

> desce desse carro, sem pôr no chão
> o teu pé devastador de Ílion, ó rei. (*A.* 906-s.)

Nesse primeiro e imediatamente perceptível sentido, "sem pôr no chão o teu pé" significa simplesmente "andar sobre os enfeitados adornos" (*A.* 923), tal como o rei imediatamente entendeu e disse como entendia (*A.* 920-5).

Por sua ambigüidade, o pedido tem tanto esse primeiro e imediatamente perceptível sentido, quanto tem o sentido que depois se manifestou em sua forma mais plena: "dá-me de bom grado poder" (*A.* 943). Esse pleno sentido, assim explicitado na forma plena do pedido, está implícito na primeira formulação do mesmo pedido: "desce, sem pôr no chão o teu pé", quando "pôr no chão o teu pé" significa "firmar-se", "estabelecer-se com firmeza".

Cego ao pleno sentido que a forma plena do pedido explicita, o rei não resiste à forma plena do pedido. Nessa cegueira do rei se manifesta a Erronia (*Áta*), de que trata o coro nas contemplativas meditações dos estásimos.

Cego também ao pleno sentido de suas próprias palavras, o rei descalça os pés e pisa "nestas púrpuras dos Deuses", apesar do temor à inveja dos olhos e apesar do grande pudor de arruinar o palácio pisando opulência e tecidos preciosos (*A.* 944-9). Com a espontaneidade que essa cegueira lhe dá, ao atender de bom grado o pedido da rainha, pede-lhe por sua vez que ela acolha com bondade esta estrangeira que é flor escolhida dentre muitas riquezas como doação do exército feita ao rei (*A.* 950-5).

Aparentemente sem perceber a aparente ambigüidade de sua própria fala, o rei por fim se despede:

> Já que me convenci a te ouvir nisso
> entrarei no palácio pisando púrpuras. (*A.* 956-s.)

Na fala da rainha, que fecha o terceiro episódio, o sentido abscôndito preside e dirige o sentido ostentado. Vitoriosa em mais de um sentido, a rainha fala como esposa zelosa de acolher o marido no regressário dia, ocasião gloriosa porque se anuncia a vitória visível do rei e a vitória invisível da rainha. Sob essa ostentação de zelo, que celebra a vitória com manifestação de opulência, a rainha encobre um outro sentido, doloso, de sua vitória: o de tomar o poder ("dá-me de bom grado poder", *krátos*, *A.* 943). Ostentatória e encobridora, a fala da rainha é necessariamente confusa, e não só porque metáforas complicadas associam imagens díspares, mas sobretudo porque seu verdadeiro intento é subverter o senso de realidade do (nunca assim declarado) adversário.

O VATICÍNIO DO CORAÇÃO

Quando a fatídica imagem da funesta e cega Erronia se mostrou na ação do rei, que com descuidada complacência aceita a acolhida digna de Deuses oferecida pela rainha, qual a atitude do coro, no terceiro estásimo? Nessa nova situação, qual o seu sentimento, dada sua aparente lealdade para com o rei e seu escrupuloso respeito pelas aparências?

O coro já não pode mais calar o seu coração, como antes pudera esquivar-se às conclusões e conseqüências de suas próprias reflexões, tendo silenciado o seu próprio pensamento e a palavra.

O temor persistente esvoaça diante do "coração observador de sinais" (*kardías teraskópou*, A. 977). Esse temor assume a figura irruptiva de canto oracular e falta ao coração a intrepidez para persuadir-se de desprezá-lo como a um indistinto e obscuro sonho. O tempo do navio na areia com laços de amarras, desde a grande aventura naval, perdeu o seu vigor juvenil.

Para o coro, como testemunha contemporâneo do regresso, o temor irrompe na figura do hino sem lira, a nênia de Erínis, como íntimo ímpeto instruído por si mesmo, destituído de toda a audácia dada por esperança.

As palavras com que o coro descreve a irrecusável irrupção do temor são simples e chãs:

> As vísceras não são vácuas
> diante do espírito de Justiça
> quando o coração volteia no vórtice cumpridor. (A. 995-7)

No vórtice do acontecimento em que Justiça se cumpre, o coração volteia e as vísceras não deixam enganar. Diante desses sinais das vísceras e do coração, o coro formula a súplica de que sua expectativa da verdade visceral e cardíaca se revele falsa. A piedade do divino é o último refúgio do coração impossível.

Ampliando as reflexões, contemplando as leis gerais das vicissitudes humanas como manifestação de Zeus e da Justiça, o coro escapa por um momento ao obsediante temor. Excelente saúde e doença compartilham a mesma parede: o cultivo excessivo da saúde está sujeito a passar para o domínio da indesejável e adversa vizinha, a doença. A sorte humana, seguindo sua trajetória, está sujeita a colidir com um invisível recife. Como o navio pode salvar-se do naufrágio por alijar o excesso de carga, o receio providencial que renuncia a parte das aquisições pode salvar a casa de ser destruída pela opressão da prosperidade. Quando a opulência cresce demasiado, não é sem perigo. Ao contrário da opulência e de seus perigos, em que só o receio pode fazer algo oportuno, a fome epidêmica é eliminada com a dádiva de Zeus, cujos dons se colhem dos sulcos sazonais, mediante os cuidados da terra ditados pelo retorno das estações.

Com a imagem do "negro sangue viril, caído por terra, morto" (*A.* 1017-20), o perpétuo e esvoaçante temor irrompe de novo na figura da nênia de Erínis, na evocação do caráter irrevogável da morte. A nênia de Erínis mostra inoperantes os encantamentos com que se chamaria de volta o sangue caído por terra. A alusão, ao verdadeiro sábio na recondução dos finados (*A.* 1023) e à severidade de sua punição por Zeus (*A.* 1022-4), reitera o caráter irrevogável da morte.

Doloroso coração freme, sob trevas, oculto e turvo. Na partilha presidida pelos Deuses, a parte que coube ao coração e que o faz coração impede-o de ser boca; de outro modo, a dor transbordaria. Sob trevas, abscôndito e revolto, o coração freme de dor, sem nenhuma esperança de uma intervenção oportuna, que possa reverter o vórtice do acontecimento em que Justiça se cumpre.

Sob tais trevas, arde incendiado o espírito.

O DIÁLOGO COM O NUME

No quarto episódio, Cassandra, a misteriosa profetisa, dialoga com o Nume presente no palácio real e configurado em diversos momentos evocados pelas reflexões do coro e, tendo o coro por testemunha, configurado, por fim, no gesto com que o rei aceitou a recepção oferecida pela rainha.

A presença da profetisa torna manifesta de modo visível ao coro a invisível presença do Nume, mediante diversas imagens e primeiro e principalmente mediante sua própria imagem de profetisa com um destino a cumprir.

Na primeira cena do quarto episódio, o silêncio de Cassandra perante a rainha é interpretado pelo coro e pela rainha como comportamento de animal recém-capturado e ignorância da língua grega. Esse silêncio, com que Cassandra responde a Clitemnestra e ao coro, põe em evidência a ambigüidade do convite de Clitemnestra e a percepção seletiva com que o coro se abriga de dolorosa irrupção da verdade.

A aparente ironia do convite de Clitemnestra a Cassandra está em que se convide a comer do pão escravo, e essa aparente ironia se reforça com o esforço de consolação pela lembrança do "filho de Alcmena" em situação similar. A inaparente ironia, inaparente num primeiro momento, reside em que se convide a participar do sacrifício, não como conviva, mas como vítima.

Em presença da rainha e dessa "hóspeda", cujo "jeito é de fera recém-capturada" (*A.* 1063), o coro parece ocupado em observar a intrigante aparência da "hóspeda" e, ocupado nessa observação, parece tranqüilo e como se esquecido da excruciante "nênia de Erínis".

O silêncio de Cassandra parece a Clitemnestra mais forte que as palavras, e a rainha se retira, declarando que nada mais diria para ser desprezado.

Na segunda cena do quarto episódio, o *amoibaîon* ("responsório", *A*. 1072-177) entre Cassandra e o coro mostra que para o coro há um só interlocutor, Cassandra, mas, para Cassandra, há três interlocutores: Apolo, o Nume presente no palácio e o coro.

Ausente a rainha, rompe o silêncio o canto plangente de Cassandra a invocar Apolo. O coro se admira de que a invocação seja em pranto, pois a lamúria não lhe parece compatível com o modo de ser do Deus.

> *Ópollon, Ópollon,*
> *aguiât' apóllon emós.* (*A*. 1080-81)

Nessa invocação, os epítetos *aguiât'* e *apóllon emós* aludem ao emblema (*aguieús*) e ao nome do Deus como indícios de sua presença e de seu modo de ser. Segundo glosa de Fótio (Frankel, III, 491), *aguieús* é "a pilastra cônica defronte da porta do palácio, consagrada ao Deus, e assim o Deus mesmo". A visibilidade da pilastra assinala a presença invisível do Deus, como o seu nome denuncia o seu modo de ser. Emblema do Deus, a pilastra guarnece a entrada e saída do palácio, indicando o domínio do Deus sobre o que entra e o que sai do palácio.

O nome de *Ápollon,* explicado como *apóllon emós,* "abolitivo meu", exprime a relação destrutiva, que liga a profetisa ao Deus, e a iminência da destruição final, em que essa relação se consuma. A clara visão do iminente fim cruel faz Cassandra exclamar, indagando a Apolo:

> *Â!* Onde me trouxeste? A que palácio? (*A*. 1087)

O coro intervém com uma resposta estritamente humana para a indagação que perguntava pelo Nume:

> Ao dos Atridas; se não percebes isto
> eu te digo e não dirás ser isto mentira. (*A*. 1088-9)

A profetisa não contesta a verdade dessa resposta estritamente humana, mas confirma-a, dando-lhe um sentido numinoso e expondo a verdade sob o ponto de vista do Nume:

> Sim, odeia Deus e conhece muitos
> malignos massacres dos seus,
> com homicídios e umedecido chão. (*A.* 1090-92)

O domínio do Nume abarca em sua presença o que sob um ponto de vista estritamente humano já é passado e o que ainda é futuro. Em sua clarividência divinatória, Cassandra vê o que para o coro são fatos pretéritos e, quando os descreve, o coro reconhece a verdade deles e a veracidade da profetisa.

Diante do palácio dos Atridas, defronte do *aguieús*, Cassandra vê que houve e que haverá sangue no chão do palácio. O coro sabe que houve ("todo o país proclama", *A.* 1106) e, por sentimento de lealdade para com o rei, recusa-se a reconhecer como verdadeiros os indícios de que haverá sangue do rei no chão do palácio.

Cassandra descreve a visão de seu futuro imediato, e à medida que a descrição se desdobra, o coro compreende que Cassandra está cônscia dos fatos passados no palácio e da iminência de sua morte dela dentro do palácio. O coro se recusa a dar o seu assentimento ao que diz respeito ao rei, e formula essa recusa de diversos modos; no entanto, prevalece o reconhecimento da veracidade da profetisa no que se refere ao passado do palácio e ao futuro imediato dela. Contra o fundo terror, delineia-se o sentimento de piedade do coro para com Cassandra.

No alternado canto das estrofes e antístrofes, a profetisa logra persuadir o coro da verdade de sua fala a respeito do porvir, proclamando-o alternadamente com a verdade a respeito do passado, reconhecida pelo coro. A especularidade entre estrofe e antístrofe amplia o espelhamento entre o futuro e o passado do palácio, e o coro acaba por se convencer a falar do que a sua lealdade ao rei lhe permite convencer-se a pensar.

Ao término do *amoibaîon*, firmada recíproca confiança entre Cassandra e o coro, ela o toma por principal interlocutor, e em versos falados, sem canto, nem dança (o que por si só já dá à expressão uma comunicação mais direta), descreve para o coro as visões mânticas com uma clareza cada vez mais precisa. Esta nova fase da comunicação, firmada na confiança mútua e distinguida pela clareza, principia pela declaração de que será assim claro:

> O oráculo agora não mais através de véus
> estará fitando como recém-casada noiva
> e clareante vento parece que soprará a leste
> de modo a marulhar qual vaga à luz do sol
> muito mais do que esta paciente dor,
> e darei instruções não mais por enigmas. (*A.* 1178-83)

O futuro há de vir e a iminência de sua vinda desde já dá mais clareza ao acontecimento que o futuro, quando vier, fará inteiramente claro. Este sentido das epifanias da verdade no curso dos acontecimentos é comum a Cassandra e ao coro, que também antes o manifestara (cf. *A.* 250-4). A proximidade do Nume se revela como proximidade do momento da ilatência.

Ao falar do "hino das congêneres Erínies" (*A.* 1190-1), Cassandra descreve mais amplamente a causa do temor que aterroriza o coro: a "nênia de Erínis" (*A.* 990-5).

> Um coro nunca abandona esta morada
> consoado, não suave, pois suave não fala.
> Para maior ousadia, bêbado de sangue
> humano, o bando perdura no palácio,
> cortejo difícil de sair, congêneres Erínies.
> Assíduas na moradia, hineiam num hino
> o primeiro error, e uma após outra abominam
> o leito do irmão, hostis a quem o pisou. (*A.* 1186-93)

O reconhecimento da veracidade da profetisa pelos anciães não é sem admiração, e a admiração suscita a explicação dada pela profetisa: "o adivinho Apolo me pôs no ofício" (*A.* 1202). A verdade dessa veracidade tem fundamento em Apolo.

O corifeu pergunta pela relação entre Cassandra e Apolo, mediante a imagem da relação erótica (*himéroi peplegménos*: "atingido pelo desejo", *A.* 1204). A imagem da união amorosa é um recurso característico da teogonia com que pensar as disparidades e afinidades entre os aspectos diversos do mundo. A imagem galante do combatente nas lides amorosas, que descreve Apolo, completa-se com as noções de mentira e de falta, que descrevem o comportamento de Cassandra. Nos termos dessa imagem de união amorosa, que poderiam significar "mentira" e "falta"?

(*epseusámen*, A. 1209; *émplakon*, A. 1212). Essas "mentira" e "falta" são punidas com a perda da credibilidade pública. A deficiência retórica da profetisa, incapaz de gerar persuasão, se descreve como conseqüência de mentira e falta na relação erótica com o Deus. Punição de misteriosa falta na relação com o Deus, essa incapacidade de persuadir desaparece no diálogo entre Cassandra e o coro, pois a ele os vaticínios dela parecem dignos de fé (A. 1213).

A visão mântica continua desdobrando aos olhos de Cassandra as imagens que denunciam a presença do bando de "congêneres Erínies". Depois de tê-las caracterizado como o cortejo de lúgubres dançarinas, atraídas pelos crimes cometidos no palácio e cantando em hino como "primeira erronia" o adultério de Tiestes com a mulher do irmão Atreu (A. 1192-ss.), Cassandra é agitada outra vez por terrível obra de adivinhação verídica e descreve as imagens de canibalismo de Tiestes que, ludibriado por Atreu, comera carne dos próprios filhos (A. 1217-22). Em seguida, a profetisa diz que, como a punição dessa truculência de Atreu, trama-se um novo crime no palácio: a morte do rei recém-chegado (A. 1223-ss.).

Ainda que possessa desse poder divinatório e visionário, a fala de Cassandra chega à sua expressão mais franca e direta, com inequívoca clareza, ao explicar-se a si mesma: "digo que verás a morte de Agamêmnon" (A. 1246).

O coro não só percebe a conexão entre os acontecimentos, mas também o curso deles e o sentido de cada um. Todavia, refratário ao anúncio profético da morte de Agamêmnon, contrapõe-lhe votos de "que não aconteça" (A. 1249) e tergiversa ante o que acabou de ouvir fazendo indagação como se não tivesse ouvido (A. 1251).

Pela terceira vez, Cassandra é agitada pelo delírio visionário e, como se trabalhasse para lograr a completa aquiescência e assentimento do coro, continua a descrever as imagens do acontecimento iminente: a sua morte e a do rei, executados por

> essa leoa bípede junto com o lobo
> deitada na ausência do nobre leão. (A. 1258-9)

Aparentemente por insopitável indignação e revolta, ela arranca de si as fitas divinatórias e destrói fitas e cetro. O gesto de destruir os ícones do poder do Deus reproduz cultualmente a cratofania do Deus configurada na iminente morte da profetisa. A adivinha abole as insígnias divinas por imitação cultual da visão divinatória do porvir de sua relação com o Deus (*A*. 1264-6).

A forma de morrer da adivinha tem o mesmo cruel desconforto da forma que viveu (*A*. 1269-73.). Em vida e na morte, sua participação no Deus foi decidida por sua atitude perante ele (cf. *A*. 1208-12).

A visão mântica se amplia e abarca os acontecimentos em que se consumam a Justiça e a honra em que os Deuses têm o rei e a profetisa:

> Não sem honra dos Deuses morreremos:
> um outro punidor por nós há de vir,
> matricida rebento, vingador do pai.
> Exilado errante estranho a esta terra
> voltará para coroar a ruína dos seus.
> Há de conduzi-lo o pai supino em jazigo. (*A*. 1279-84)

Cassandra fala de sua própria fala, sob o aspecto da relação entre essa fala, a ilatência do Deus e o conhecimento mântico dessa ilatência, perguntando-se da razão por que comiserando lamenta (*A*. 1285). Explicar a razão desse lamento é definir a condição humana como distinta da dos Deuses (*A*. 1286-330).

Nessa fala, Cassandra dá a entender que sabe por que aceitar a morte com serenidade, porque a vê na perspectiva do que se deu "por decisão dos Deuses" (*A*. 1288) e em vigor do "grande juramento dos Deuses" (*A*. 1290). Cassandra invoca as "portas de Hades" e suplica-lhes boa morte, sem convulsão (*A*. 1291-4).

A razão do lamento e da serenidade implica termos como "decisão dos Deuses", "grande juramento dos Deuses" e "portas de Hades". No imaginário da *Teogonia* hesiódica, esses são termos fundamentais da ontologia mítica que definem limites comuns a homens e a Deuses (*en Theôn krísei*, *A*. 1288), limites próprios dos Deuses, inscritos na natureza deles (*hórkos ek Theôn mégas*, *A*. 1290), e limites próprios dos homens, que os distinguem dos Deuses (*Háidou pýlas*, A. 1291).

No solidário diálogo final entre o coro e Cassandra, em que se esmiúça o que é graça e desgraça no momento derradeiro da profetisa, ela pede aos anciães, como dom de hospitalidade, que testemunhem a veracidade de suas profecias, quando a verdade delas consumar sua ilatência (*A*. 1317-20). A última súplica ela dirige à última luz do sol e suplica por justiça (*A*. 1323-6). O que ela deplora, "muito mais do que ao mais", é a fragilidade de ser mortal (*A*. 1330).

TIRANIA AO RÉS DO VISÍVEL

Quando Cassandra deixa o coro a sós com seus pensamentos ("mas sem os outros a sós penso", *A*. 757) o discurso em anapestos do coro faz a conciliação entre a recusa de saber e a necessidade de reconhecer a natureza do acontecimento presente e iminente.

A expressão *eû prássein* ("prosperidade", "bem-estar", *A*. 1331) serve de eufemismo a *ólbos*, *ploûtos* e *kóros* e descreve-se a via alternativa à descrita pela imagem da "moderada nave" (*A*. 1008-13). Quando, ao invés de lançar fora da moderada nave o peso excedente e assim evitar a submersão, a prosperidade se faz insaciável e não é repelida de assinalado palácio, dá-se o que acontece no palácio dos Atridas (*A*. 1331-4).

Se Agamêmnon retorna ao lar investido da sacralidade de "honrado por Deus" e há de pagar com sangue o sangue antigo e reclamar por isso outras penas de morte, nenhum mortal pode ser considerado "nascido com incólume Nume" (*A*. 1341-2). "Incólume Nume": garantias de chegar são e salvo a seu destino.

A conclusão, a que chega o coro no exame dessa alternativa sinistra, ecoa o lamento de Cassandra pela fragilidade de ser mortal (cf. *A*. 1330).

Ouve-se duas vezes a voz gemente do rei a denunciar que um golpe certeiro o golpeia dentro do palácio (*A*. 1343-5).

As evidências desses indícios parecem pedir urgência de ação, mas a lógica da ação tem as suas próprias exigências. Para atender a essas exigências da ação, o coro recorre a um instrumento democrático: o diálogo entre pares e o predomínio da maioria. Sucedem-se opiniões diversas e prevalece o consenso. Nesse debate, examinam-se os diversos aspectos do que acontece diante e dentro do palácio.

Nessas circunstâncias, reunidos como em assembléia os doze coreutas-cidadãos, propõe-se (1) conclamar os cidadãos em prol do palácio (*A*. 1348-9); (2) surpreender e sustar o flagrante delito

(*A*. 1350-1); (3) não retardar a ação (*A*. 1352-3); (4) reconhecer "sinais de tirania no país" (*A*. 1354-5); (5) reconhecer que a urgência da ação pede seja breve o debate (*A*. 1356-7); (6) tanto quanto cobra planejamento antecipado (*A*. 1358-9); (7) palavras não podem ressuscitar o morto (*A*. 1360-1); (8) que atitude, ainda que com risco de vida, sustentaremos para com os ultrajantes dirigentes do palácio (*A*. 1362-3); (9) como antes dissera o coro repetindo em um sentido sinistro as palavras do arauto (cf. *A*. 539 e 550), a morte é preferível a passar pelo que desponta no horizonte político: a tirania (*A*. 1364-5); (10) ante a enormidade dessa conseqüência (a tirania), a possibilidade de suprimir a premissa (a morte do rei) é uma alternativa altamente considerável (*A*. 1366-7); (11) sendo preciso distinguir, como dois graus do conhecimento, conjectura e claro saber, é preciso saber claro para falar da morte do rei (*A*. 1368-9); (12) sou majoritário ao aprovar que se saiba claro o que há com o Atrida (*A*. 1370-1).

O PACTO COM O NUME

O quinto episódio se abre com a fala heróica de Clitemnestra. Nessa fala se manifesta com inequívoca clareza a estatura heróica de quem fala de sua relação individual com os Deuses (*A.* 1372-98).

Como se atendesse à demanda do coro pelo "claro saber" (*saph'eidótas, A.* 1368; *tranôs... eidénai, A.* 1371), Clitemnestra faz uma clara descrição de seu ato regicida e do sentido que esse ato tem para ela. Com indisfarçado orgulho, descreve-o como consumado ardil, mas não usa a palavra *mêtis*, nem *dólos* (com que o coro e, depois, Orestes o caracterizarão). O ato: ela conduziu o combate não sem plano, por causa de rixa antiga; com muitas palavras certeiras e aparente amizade, imobilizou o rei com uma espécie de rede e matou com três golpes. O sentido desse ato para ela:

> dou-lhe o terceiro golpe, oferenda votiva
> a Zeus subterrâneo salvador de mortos.
> Assim caído expele o seu espírito
> e ao jorrar agudo jacto de sangue
> o sombrio borrifo de cruentas gotas
> bate-me grato como orvalho de Zeus
> ao broto na parturição da semente. (*A.* 1386-92)

Esse pavoroso júbilo que se nutre de sangue parece a voz de Erínies. Clitemnestra se apresenta como suporte de uma hierofania infernal. O regicídio é apresentado em termos rituais como oferenda votiva a Zeus subterrâneo, uma contrapartida ctônica do sacrifício olímpico oferecido por Agamêmnon a Ártemis. O homicídio perpetrado por Clitemnestra se apresenta como suporte de uma cratofania de Erínies, assim como a expedição de Agamêmnon, responsável por filicídio e genocídio, se deixa descrever como Erínis enviada por Zeus Hospitaleiro e assim a Justiça de Zeus em forma de Erínis (*A.* 50-9) e a vitória de Zeus rei e de Noite amiga (*A.* 355).

A especularidade em que se mostram como suporte de cratofania de Zeus rei e de Erínis as ações de Agamêmnon e de Clitemnestra fixa-as num mesmo estatuto na hierarquia tradicional dos seres venerandos: a estatura heróica de quem dialoga com o seu próprio destino em sua relação individual com os Deuses.

Enquanto Clitemnestra fala de sua ação sob o ponto de vista heróico, o coro insiste resolutamente em vê-la, examiná-la e avaliá-la sob o ponto de vista estritamente humano e político: declara-se pasmo ante a ostentação de tão audaciosa palavra a respeito do rei (*A.* 1399-400) e evoca as conseqüências consuetudinárias dessa ação: imprecação pública, banimento e pesado ódio dos concidadãos (*A.* 1409-10).

Pela estrutura e pelo propósito, o *amoibaîon* ("responsório") entre o coro e Clitemnestra, no quinto episódio (*A.* 1407-576), reitera e leva adiante o diálogo com o Nume desenvolvido no *amoibaîon* entre o coro e Cassandra, no episódio anterior (*A.* 1073-177). A figura que a rainha delineia de si mesma no quinto episódio contrapõe-se à figura do rei delineada pela profetisa no episódio anterior. Ao retomar esse diálogo com o Nume ante o coro, Clitemnestra empenha-se em dar a conhecer ao coro a verdade sobre o seu ato sacrificial, o que implica o reconhecimento de seu vínculo cultual com Erínies. Ante a enormidade do ato, o coro reconhece-lhe o caráter numinoso, que vincula Clitemnestra à irrupção de Erínies no palácio e à série dessa irrupção, mas pergunta ainda à rainha pelo aspecto político e civil do ato, por suas conseqüências imediatas e futuras no horizonte da cidadania. Clitemnestra empenha-se em persuadir o coro da verdade de suas palavras, com zelo comparável ao empenho de Cassandra em persuadi-lo da veracidade de sua profecia. Como Cassandra no episódio anterior, Clitemnestra no quinto episódio fala ao coro de sua relação com o divino e da forma que essa relação assume em seu presente e em seu porvir: ela fala de seu pacto com o Nume.

Na primeira estrofe do *amoibaîon*, o coro pergunta pela causa da alteração do comportamento da rainha e anuncia a represália, à qual esse comportamento a expõe (*A.* 1407-11). Clitemnestra contra argumenta que a imolação da filha Ifigênia como encantamento dos ventos trácios não implicou para Agamêmnon pena de exílio, nem ódio dos cidadãos, nem imprecações públicas; nem o coro naquela ocasião teve esse pronunciamento, mas agora ousa confrontá-la em termos de poder, numa disputa cujo desfecho cabe a Deus decidir (e, portanto, cabe ao coro precaver-se de fazer-lhe ameaças) (*A.* 1412-25).

Na primeira antístrofe, o coro reconhece que há na rainha, além de soberbos desígnios e palavras arrogantes, a perturbação do espírito pelo morticínio e "estrias de sangue nos olhos", o que são índices da presença de Erínis na rainha, mas não a exime, contudo, de sofrer retaliação (*A.* 1426-30). Clitemnestra desta vez contra-argumenta com a sacra liceidade de seus juramentos ("pela perfectiva Justiça de minha filha, / Erronia e Erínis, a quem eu o imolei", *A.* 1432-3), que lhe asseguram expectativa de paz no porvir e consciência de ter agido com justiça (não sem o acréscimo de novo sabor nos seus prazeres do leito, ela o diz com ironia) (*A.* 1431-47).

Na segunda estrofe, o coro parece desistir de invectivar a rainha, como se tivesse aceitado as razões e argumentos dela, e volta-se para outros aspectos da morte da rei. Ao manifestar o desejo de morrer, o coro diz tanto de sua lealdade para com o rei, quanto de seu luto e perda de perspectiva ante a morte dele; e inculpa Helena do genocídio que, em reflexões anteriores, ele atribuía a Agamêmnon, de modo a rever e explicar o destino do rei por essa culpa (*A.* 1448-61). Mas Clitemnestra trata a mudança de interlocutor (em que o coro deixa de falar com ela e dirige-se a Helena, ausente) e a acusação intempestiva a Helena (atribuindo a ela o que o clamor público atribui ao rei) como perda de perspectiva e necessidade de orientação, e dá ao coro dois conselhos dissuasórios: não pedir pela morte, nem irar-se contra Helena (*A.* 1462-67).

Na segunda antístrofe, o coro invoca o Nume (*Daîmon*), descrevendo-o como a ruína do palácio e dos dois Tantálidas (Menelau e Agamêmnon) e como o poder equânime exercido por mulheres (a saber, as desses Tantálidas, Helena e Clitemnestra), de cortar o coração. A rainha Clitemnestra é vista pelo coro, enquanto suporte da cratofania numinosa, na figura de odioso corvo de pé sobre o cadáver, a hinear com alarde um díssono hino, figuração de Erínis (*A*. 1468-74). Clitemnestra declara verdadeira essa invocação do Nume pelo coro, e descreve o Nume como "trinutrido desta estirpe" a nutrir o desejo sanguinolento de modo a converter antiga dor em novo cruor. A série tríplice de crimes mencionada é possível alusão ao banquete oferecido por Atreu, ao sacrifício oferecido por Agamêmnon e à imolação consagrada por Clitemnestra (*A*. 1475-80).

Na terceira estrofe, o coro condena o louvor do Nume por Clitemnestra como louvor maligno, pois esse Nume é insaciável de sangue; prefere a explicação que a prece a Zeus pode dar do acontecimento ("Zeus causador de tudo e de tudo autor"); e lamenta o "repouso indigno" e a "morte dolosa" do rei (*A*. 1494-5). Entretanto, Clitemnestra adverte que não se trata de louvor, mas da irrupção mesma do Nume "ilatente" (*alástor*), que se mostra, na figura da mulher do morto, resgatando com o sangue do rei uma dívida de crime antigo (*A*. 1497-504).

Na terceira antístrofe, o coro interroga Clitemnestra sobre a possibilidade (considerada escassa) de ela escapar ao juízo do Nume "sem oblívio" (*alástor*), alertando-a de que o nome do Nume nesse caso é "Ares", cuja justiça se manifesta com novos coágulos de sangue no chão. Ao reiterar do lamento pelo "repouso indigno" e pela "morte dolosa" do rei, o coro enfatiza o sentimento de derrelição com que faz frente à morte do rei (*A*. 1505-20). A resposta de Clitemnestra parece refutar de vez a verdade do lamento pela "morte indigna" infligida ao rei, pela alegação de ser justo o recurso ao dolo, porquanto o rei incorreu antes em dolosa erronia (*A*. 1521-9).

Na quarta estrofe, o coro deixa claro o seu pensamento de que os juízos possíveis sobre ações de Agamêmnon ou de Clitemnestra não afetam a natureza mesma do Nume e sua forma de manifestar-se. O sentimento de derrelição do coro revela-se com mais clareza consciência da justiça inexorável e previsível com que o Nume multiplica as suas epifanias no palácio; o temor confesso do coro é de que a violência ressurja ainda mais fragorosa e sangrenta no palácio. O coro invoca a Deusa Terra para eximir sua preocupação com os cuidados funerários e exéquias do rei, cujos despojos estão à mercê dos inimigos que o massacraram (*A*. 1538-50). A resposta de Clitemnestra, com cortante ironia, parece impugnar e confutar toda razão da preocupação afligente do coro: aconselha-o não cogitar desse cuidado, quem o matou sepultará sem prantos, mas a filha Ifigênia o acolherá, como é preciso, junto às águas velozes do rio das aflições, com beijos e abraços (*A*. 1551-9).

Na quarta antístrofe, o sentimento de ter perdido toda perspectiva se revela ao coro com mais clareza consciência do caráter oclusivo da perspectiva, seja do ponto de vista do rei, seja da rainha. Para descrever e explicar essa perspectiva oclusiva de horizontes fechados por acontecimentos lúgubres, o coro recorre exclusivamente à "lei de Zeus", assim formulada: "sofre quem faz: essa é a lei". Assim, compreendida a situação, vê-se claramente que a saída seria banir do palácio o "nefasto grão" (*gonàn araîon*). Seria necessário que se pudesse intervir no curso dos acontecimentos para banir do palácio o "parto maldito", a "praguejada semente" (*gonàn araîon*). A precedente prece a Zeus (*A*. 1485-8), a recém-mencionada "lei de Zeus" ("sofre quem faz", *A*. 1564) e a doutrina do "hino a Zeus" (*A*. 160-75), enunciadas por esse mesmo coro, permitem ouvir, nesta pergunta do coro ("quem baniria do palácio o nefasto grão?", *A*. 1565), o eco do nome de Zeus e a alusão a ele. Mas Zeus nessa interrogação do coro é mencionado sob o aspecto do rigor da lei e portanto a conclusão aponta o caráter oclusivo da perspectiva:

Kekólletai génos pròs átai.
Atrelou-se a estirpe à perdição. (*A*. 1566)

A "perdição" (*átai*) do palácio e de sua estirpe apresenta-se como "Fúria", "Cegueira", "Erronia" e "Ruína", diversos aspectos do Nume (*Daîmon*, *A*. 1468) que preside o destino dos Atridas. Nesses diversos aspectos se observam as implicações da "lei de Zeus" que diz "sofre quem faz" (*A*. 1560-6). Ante a perspectiva descrita pelo coro e a lei geral nela implícita, Clitemnestra busca abrigo no pacto com o Nume dos Plistênidas. O epônimo Plístenes é o pai de Egisto e irmão de Atreu, pai de Agamêmnon. Clitemnestra se diz fortalecida com a aliança de Egisto, filho de Plístenes, e assim espera afastar de seu palácio a "loucura das mortes mútuas" (*A*. 1567-76).

O TIRANO E SUA SOMBRA

Na primeira cena do último episódio, Egisto saúda a luz benévola do dia portador de justiça e descreve a morte do rei como evidência da vigilância dos Deuses vingadores dos mortais. O banquete oferecido por Atreu a Tiestes e o exílio depois imposto por Atreu a Tiestes e seu filho são retribuídos, por esse décimo terceiro filho de Tiestes, com o ardil do conluio contra o filho de Atreu, Agamêmnon. Assim Egisto se declara a serviço dos Deuses vingadores dos mortais, com bom motivo para saudar a luz benévola do dia justiceiro (A. 1577-611).

Essa expressão da piedade filial tão enfática de Egisto o contrapõe ao coro pela lealdade do coro ao rei morto. Ao ver a "soberbia de malfeitores" com que Egisto se declara o homicida doloso, o coro proclama que Egisto por justiça não escapará à sentença de morte (A. 1612-6).

Em resposta às ameaças do coro, Egisto fala do poder como o poder de que dispõe e assim deixa ao coro a alternativa de vê-lo como um covarde ou como o tirano de Argos. O caráter doloso do regicídio torna esse ato, aos olhos do coro, condenável também como covardia e pusilanimidade. O coro acusa Egisto tanto de pusilanimidade quanto de "poluência do país e dos Deuses" (A. 1643-5) como contestação da possibilidade de Egisto ser o tirano de Argos (A. 1633-5).

A atitude desafiante do coro ante Egisto provoca a troca de reptos entre ambos. A figura de Egisto se avilta ao tomar como adversários esses anciãos sem forças que vagueiam como "um sonho à luz do dia" (cf. A. 80-2).

Na última cena, Clitemnestra intervém de modo a conter a animosidade entre Egisto e o coro, mostrando na eficácia de suas palavras conciliatórias bem delineada a sombra do tirano (A. 1654-73).

MITO E DIALÉTICA NA TRAGÉDIA *AGAMÊMNON* DE ÉSQUILO

O enunciado mesmo deste título "Mito e Dialética na Tragédia" parece-nos já implicar a questão: por que associar mito e dialética ao estudo da tragédia, se "dialética" é um nome e uma noção que pertencem à epistemologia elaborada e apresentada nos *Diálogos* de Platão?

Entendendo-se por mito e pensamento mítico a concepção grega arcaica de linguagem comum a Homero e Hesíodo, e entendendo-se por dialética a noção filosófica descrita nos *Diálogos* de Platão, especialmente em *República* VI, 511b-e, VII, 520c-d, 531d-537d, *Fedro* 265c-274 e *Sofista* 253b-254b, poderíamos observar os seguintes traços comuns ao pensamento mítico homérico e hesiódico e à noção filosófica de dialética, a saber:

1) uma mesma noção de linguagem, concebida como um dos aspectos fundamentais do mundo,
2) uma mesma noção de verdade, concebida também como um dos aspectos fundamentais do mundo,
3) um mesmo nexo necessário entre as noções de verdade, de ser e de conhecimento, pelo qual nexo essas noções têm uma estrutura comum, e
4) essa mesma estrutura comum, determinada pela distinção entre diversos graus de participação tanto na verdade quanto no ser e, por conseguinte, entre diversas modalidades de objetos do conhecimento e de correlatos estados da mente.

Esses traços comuns, reveladores de unidade e identidade, são tanto mais notáveis porquanto ressaltados por diversos traços distintivos e contrastivos entre o discurso próprio do pensamento mítico e o discurso filosófico. A filosofia surge com e pela elaboração da linguagem teórica e conceitual, com a criação de novas palavras e a exploração de novos recursos morfossintáticos, notadamente a sintaxe hipotática, enquanto o pensamento mítico, legado da tradição épica, marcado por uma sintaxe predominantemente paratática, pensa e diz o ser e o mundo, servindo-se exclusivamente de imagens sensoriais. No entanto, essas imagens sensoriais próprias ao pensamento mítico não o confinam aos horizontes mentais da *eikasía* (cf. *Rep.* VI, 511e), porque essas imagens não estão todas no mesmo plano, mas distinguem-se segundo estão ou não associadas à noção mítica de Deuses. Essa associação das imagens à noção mítica de Deuses é que confere às imagens sacralidade, porquanto as distingue como imagens que não remetem a si mesmas, mas a uma totalidade que as ultrapassa. A distinção entre inteligível e sensível, própria à filosofia de Platão, corresponde à que no pensamento mítico se dá entre imagens que se associam à noção mítica de Deuses e imagens não associadas a essa noção.

Justificados por essa interface entre mito e dialética, que lhes confere unidade e identidade sob muitos aspectos, poderíamos falar de uma dialética trágica, por duas ordens de razões:

1) seja porque no drama trágico entrelaçam-se, confundem-se e distinguem-se quatro pontos de vista, correspondentes à hierarquia do divino tradicional entre os gregos (*Theoí/Daímones/Héroes*), aos quais se acrescenta o dos horizontes políticos da democracia ateniense no século V a.C.,
2) seja porque no drama trágico esses horizontes políticos se explicam pela natureza das relações que no decorrer do drama se estabelecem tanto entre os Deuses imortais quanto entre mortais e imortais.

Na *Orestéia* de Ésquilo, o que se entende por dialética trágica exemplifica a permanência e transformação do pensamento mítico arcaico dentro do horizonte político e do contexto cultural de Atenas no século V a.C. Nesses versos elabora-se o pensamento político relativo às relações de poder e à questão da Justiça na *pólis*, mediante o uso sistemático de imagens e noções míticas legadas pela tradição. Instaura-se uma dialética trágica, pré-filosófica e inerente ao pensamento mítico grego arcaico, mas reconfigurada pela estrutura mesma do drama trágico, a dialética que investiga o sentido humano, o sentido heróico e o sentido numinoso (pertinente ao *Daímon*, "Nume") da justiça divina dispensada por Zeus e partilhada pelos homens na *pólis*. Pelas múltiplas vias e ante os múltiplos impasses dessa dialética, entrelaçam-se, confundem-se e distinguem-se quatro pontos de vista e quatro graus de verdade, o ponto de vista e o grau de verdade próprios dos Deuses, os dos Numes, os dos Heróis e os dos cidadãos representados pelo coro. A unidade suprema e fundamento transcendente dessa diversa multiplicidade reside em Zeus Olímpio, cujo reverso em sua unidade enantiológica no entanto se mostra nas faces sombrias das filhas da Noite imortal.

Em *Agamêmnon*, no prólogo (1-39), distinguem-se o momento da súplica aos Deuses (1-21) e o da epifania do sinal, com o que a súplica é atendida (22-39). Esse sinal traz a libertação das fadigas caninas da vigília noturna, para o vigia, e para a rainha e o país, coros a celebrarem a vitória dos argivos sobre troianos. O sentido desse sinal ultrapassa a vida anônima desse vigia a quem dá nome a sua função, e ao vigia lhe dá o que pedira aos Deuses: libertação das fadigas já longas de um ano. No párodo anapéstico (40-103), o coro se situa num ponto de vista ainda ínscio da revelação do sinal núncio da queda de Tróia: os anciãos argivos, perplexos e angustiados ante as contradições do presente, rememoram a partida do grande exército coligado contra Tróia e descrevem o auspício que acompanhou a partida. As contradições do presente: quando é inexorável o combate igualmente mortífero para argivos e troianos, todos os altares estão repletos de oferendas: de que graça se trata? Ignaros de que graça se trata, os anciãos se comparam a um "sonho à luz do dia" (82). Admitimos que a imagem de "sonho à luz do dia" supõe um grau de ser, de conhecimento e de verdade inferior ao da vigília. Ao da vigília do vigia, por exemplo, nos versos 22-39. Para escapar às contradições do presente, oscilante entre a esperança e aflição (102), o coro busca saber o ainda não sabido, pela rememoração do auspício e da hermenêutica do auspício feita pelo adivinho militar. No párodo lírico (104-257), descreve-se o auspício e reproduzem-se as palavras hermenêuticas do adivinho militar, tão ambíguas quanto o auspício: em ambos os casos trata-se afinal do ponto de vista do Nume. As águias leporívoras, o adivinho as vê pelo lado direito como os dois reis argivos e como anúncio da vitória da expedição argiva, mas, por outro lado, de modo repreensível, pressente a cólera divina. Essa cólera tem duas figurações: a cólera de Ártemis, antes da navegação, a impedi-la, e a Cólera que aguarda em casa, "Caseira astuta: mêmore Cólera filivíndice" (155).

No hino a Zeus (160-83), o coro busca um ponto de vista que ultrapasse as contradições do presente, de modo a dar-lhe condições de pensar o que parece apontarem as palavras hermenêuticas e o que parecer advir das atitudes assumidas a respeito do auspício. Assim se invoca Zeus como fundamento da serenidade de ânimo (163-6), do exercício de poder (mediante imagens teogônicas, 167-72), da prudência universal (174-5), e das condições que definem o saber humano pela verdade que se impõe malgrado os que resistem a aceitá-la. E na violência dessa verdade, a graça violenta dos Numes, que desvelam sua verdade como o destino de mortais (*kháris bíaios*, 182-3).

Fortalecido pela invocação e hino a Zeus, em que se busca contemplar a verdade do ponto de vista divino, o coro relata os acontecimentos que se seguiram à manifestação do auspício, fazendo restrição à atitude de Agamêmnon (186-7); desde aqui se distinguem e contrapõem o ponto de vista democrático e cidadão do coro e o ponto de vista aristocrático, régio e heróico de Agamêmnon. Interpelado pela voz numinosa das circunstâncias em Áulida (188-204), que confirmam e validam as amargas palavras do adivinho militar ao interpretar o auspício, Agamêmnon conclui pela liceidade e o bem do sacrifício de sua filha Ifigênia (205-47). Do ponto de vista cidadão do coro, essa liceidade e bem configuram a negação de três modalidades do sagrado (*dyssebê... ánagnon, aníeron*), e assim sendo, somente por coerção, demência e audácia se explica o sacrifício da própria filha.

Retido na contradição entre o ponto de vista por ele reproduzido do rei e o ponto de vista por ele assumido, o coro resume as suas certezas na eficácia da arte hermenêutica de Calcas, o adivinho militar, e no conhecimento que a Justiça traz aos que a padecem; quanto ao mais, há de esperar pelo que um dia se revele (248-55).

No primeiro episódio (258-354), o coro a custo persuadido dá o seu assentimento às palavras da rainha Clitemnestra, que anunciavam a captura de Tróia pelos argivos. Respaldada pelo sinal de Hefesto (281), a rainha logra persuadi-lo de que "argivos capturaram o país de Príamo" (267), e prevalecendo desse logro e já sem o respaldo de nenhum sinal senão os de sua própria arte de falar, logra persuadi-lo também tanto de sua descrição da primeira noite na cidade recém-capturada, quanto de suas previsões do futuro próximo. Ela prevê a possibilidade de o exército vencedor ser derrotado pela ganância manifesta no destemor dos Deuses tutelares da terra vencida e no desrespeito aos templos desses Deuses; prevê ainda uma obscura possibilidade de ser desperto o suplício dos mortos, ainda que não haja ofensa aos Deuses (338-47). O coro dá pleno assentimento às palavras que ouve da rainha e dispõe-se a orar piamente aos Deuses em reconhecimento de que "graça não sem valor se cumpriu por fadigas" (354).

No primeiro estásimo (355-487), analisam-se a causa da guerra (a saber, o crime de Páris) como expressão da opulência de sua pátria, e a conseqüência da guerra (a saber, a destruição de Tróia) como manifestação da Justiça de Zeus; comparam-se o alcance e as conseqüências devastadoras tanto do crime punido quanto dos atos de quem o puniu; e assim se percebem a similaridade e equivalência entre o crime punido e os atos de quem o pune, subentendido não dito que é de esperar para quem puniu a mesma punição imposta a quem perpetrou o crime. No epodo, a lealdade do coro ao rei e sua solidariedade com o destino do rei obrigam-no a recuar do assentimento dado à notícia trazida pelo fogo e assim a recuar também do assentimento dado às palavras da rainha (475-87).

Esse recuo do coro se torna para esses anciãos doravante uma resoluta obstinação em não ver ou não entender o curso dos acontecimentos que envolvem o retorno do rei a Argos. A palavra insuspeita, com que o arauto do rei confirma a vitória sobre os troianos, reitera o assentimento dado à notícia trazida pelo sinal de fogo, e assim reitera também o assentimento dado às palavras da rainha ao dar essa notícia, mas nesse caso os acontecimentos claramente caminham numa direção muito sombria, claramente apontada pelas reflexões feitas pelo coro no primeiro estásimo sobre a guerra e a causa e as conseqüências da guerra.

O júbilo pelo inesperado regresso à pátria após dez anos dá ao arauto ao que ele diz a serena disposição de não contrariar os Deuses quanto à morte (539). A plenitude da graça recebida com o inesperado regresso à pátria dá à vida do arauto, ao que ele diz, uma tal plenitude de sentido que ele não mais se opõe a morrer. A confirmação pelo arauto da notícia trazida pelo fogo retira do coro toda esperança de escapar às conseqüências apontadas por suas reflexões sobre a guerra, de modo que para o coro e para o arauto, mas por motivos diversos e até mesmo opostos, seria "grande graça a morte agora" (550).

O discurso de Clitemnestra na cena do arauto (587-614) é irônico pela ambivalência com que se deixa compreender segundo dois pontos de vista diversos: o de quem conhece também o inaparente e assim pode prever o porvir, e o de quem conhece somente o aparente e assim desconhece o porvir. Ao que parece, nesta cena, o primeiro ponto de vista é compartilhado pela rainha e o pelo coro, e o segundo é compartilhado pelo arauto (e mais tarde pelo rei). As perguntas feitas pelo corifeu obrigam o arauto a dar informações irrecusáveis sobre o inocultável lado sombrio da vitória dos argivos sobre os troianos (620-80).

O segundo estásimo reitera e aprofunda a análise da guerra vista como o crime de Páris punido pela Justiça de Zeus. Aprofundada e ampliada, essa análise traz consigo a doutrina da *hýbris* que gera *hýbris*, como manifestação do "Nume indômito invicto": "a negra Fúria" (*Atas*). Reverso da *hýbris* e da *Áte* assim descritas, e contraposta a *hýbris* e a *Áte*, a Justiça é identificada com Zeus (750-62 : 773-81). Nessa contraposição e reversão entre *hýbris-Áte-Nýx* (soberbia-Erronia-Noite), por um lado e por outro, Justiça-Zeus, reitera-se a figura da unidade enantiológica entre Zeus e Noite, já manifesta no párodo, onde se diz que "Zeus envia aos transgressores depois punitiva Erínis" (56-59), e no primeiro estásimo, onde se invocam "Zeus rei e Noite amiga" (355).

No terceiro episódio (782-974), na recepção do corifeu ao rei observa-se dupla conversão: a da atitude do corifeu que perante a empresa do rei passa da condenação ao louvor, e a dessa empresa do rei, a qual de ousadia, demência e coerção se converte em "oportunidade da graça", o que também quer dizer "medida do benefício" (*kairòn kháritos*, 787), a suscitar gratidão a quem bem cumpriu a fadiga (806). A distinção feita pelo corifeu entre os cidadãos "com justiça" (*tòn te dikaíos*) e "sem medida" (*tòn akaíros*, 808) permite ao corifeu incluir-se a si mesmo entre os primeiros, como se por força dessa dupla reconhecida e confessa conversão.

No discurso do rei recém-chegado à pátria e ao lar, a magnificência da vitória, a magnanimidade do vencedor e a ingenuidade ou candura de quem não percebe as implicações sombrias dessa vitória nem intui o que se oculta na aparente tranqüilidade do palácio (810-54).

No discurso de recepção da rainha ao rei (855-913), parece haver dupla inversão de perspectiva: do espaço público do combate em Tróia (descrito na fala do rei ao coro) para a intimidade doméstica em Argos, e do ponto de vista do herói em sua relação individual com o seu próprio Nume, para o ponto de vista da mulher sentada em casa. A ironia desse discurso reside em que essa inversão é apenas aparente e tão aparente quanto a veracidade das alegadas aflições da esposa e dos alegados motivos da ausência do filho. A ironia desse discurso da rainha na recepção ao rei faz parte do jogo de *mêtis*, em que se joga com as aparências pela conquista do poder, manipulando a reconhecida diversidade dos pontos de vista envolvidos nessas circunstâncias da recepção ao rei. As razões do rei para recusar a acolhida proposta pela rainha ressaltam a inadequação da homenagem e o risco do *phthónos* divino (914-30); no entanto, no final do *stikhomythía* entre o rei e a rainha (931-43), a fala mesma do rei o mostra arrebatado pela *Áte*, ao aceitar essa mesma homenagem há pouco recusada (944-957). A cena do tapete púrpura, vista da perspectiva de quem dispõe das mesmas informações que o coro, já basta para constituir um irrecusável indício de que e como *hýbris* gera *hýbris*, pela manifestação numinosa de *Áte* (cf. 763-71).

Tendo observado a cena do tapete púrpura como indício irrecusável de como Erínis, essa face sombria e meôntica da Justiça de Zeus, caminha para a sua consumação no que diz respeito ao rei Agamêmnon, o coro descreve o temor que perpetuamente esvoaça diante de seu coração pressago e vaticinante, a ouvir e a testemunhar a nênia sem lira de Erínis (990). Visto esse irrecusável indício, e feitas as reflexões sobre o que o indício dá a entender, o pressentimento faz o coração fremir de dor em silêncio sem nenhuma esperança, no incêndio do espírito (1018-33).

No quarto episódio (1035-330), a figura de Cassandra contrasta sob diversos aspectos com as do rei, da rainha, do corifeu, e depois com a de Egisto, e por si mesma torna manifesta a presença invisível do Nume no palácio real de Argos. Na primeira cena desse episódio (1035-711), as ironias aparente e inaparente da rainha colidem com o silêncio de Cassandra, que aparentemente ignora a rainha. Na segunda cena, no *amoiboîon* (1072-177), após anunciada saída da rainha, o coro tem um só interlocutor: Cassandra; mas Cassandra tem pelo menos três interlocutores: Apolo, o Nume presente no palácio real de Argos, e o coro. Nesse diálogo múltiplo, entrelaçam-se, confundem-se e distinguem-se quatro pontos de vista, configurados em Apolo, no Nume do palácio real de Argos, em Cassandra e no coro e corifeu. A presciência, dada a Cassandra por sua participação em Apolo, permite-lhe prever o que a espera no interior do palácio, porque já o vê, quando ainda está diante do palácio; ela desde já percebe que antigo áspero Nume sem oblívio habita esse palácio. Cassandra, ao perceber de que Nume se trata e qual a sua participação nesse Nume, destrói as insígnias do culto de Apolo, como se por imitação cultual de Apolo mesmo, segundo a figura etimológica *ôpollon / apóllon emós / apólesas* ("ó Apolo" / "abolitivo meu" / "aboliste", cf. 1080-2). Antevendo a sua própria morte, Cassandra rememora as núpcias de Páris, funesta aos seus, e rememora sua pátria, às margens do Escamandro. Essa rememoração a associa e assim de algum modo a identifica com o crime de Páris, o que por si só explica a (justiça de) sua morte. (A. 1156-60 : 1167-72). Do ponto de vista das reflexões do coro, a punição do crime de Páris pede por sua vez a punição dos crimes engendrados pelo propósito e execução mesma dessa punição do crime de Páris. A associação de Cassandra à morte do rei Agamêmnon reitera o tema da equivalência entre a justiça inerente ao crime de Páris, o qual crime traz consigo a sua punição, e a justiça inerente aos crimes gerados por essa mesma punição executada por Agamêmnon.

Rememorada a destruição de sua pátria, e prevista a sua própria morte em companhia de seu rei, Cassandra pede à última luz do sol que os seus inimigos paguem aos vingadores desse seu rei a sua morte por massacre, e lamenta muito mais que ao mais a precariedade e finitude própria dos mortais (1322-30).

O reconhecimento da veracidade das profecias de Cassandra implica, para o coro e o corifeu, o reconhecimento do sentido perigoso e periclitante das circunstâncias presentes no palácio real de Argos (1331-42). No diálogo dos coreutas (1343-71), ante os sinais denunciadores de insurgente tirania no país, entre o debate democrático e a urgência da ação, impõe-se a distinção entre conjectura e claro saber como meio de postergar a ação para a qual o coro de anciãos já se declarara previamente inepto (1343-71, cf. 72-82).

Atendendo a demanda do coro por claro saber, a rainha se apresenta como regicida e como suporte da cratofania das Erínies e do Nume presente no palácio real de Argos. O paralelismo entre as interlocuções de Cassandra e as da rainha, já regicida confessa, com o Nume presente no palácio real, redesenha a equivalência entre os dois homicídios, descritos em termos de sacrifício: o oferecido pelo rei a Ártemis em Áulida, e o oferecido pela rainha a Zeus subterrâneo em Argos (1372-576).

Nem o sentido tribal de justiça, presente no discurso de Egisto, nem o paralelismo temático, que se descobre entre os discursos de Cassandra e de Egisto, no que diz respeito às disputas dos irmãos Atreu e Tiestes pelo poder real em Argos, resgatam a figura de Egisto do aviltamento quando ele toma por adversários contra quem se bater os anciãos reconhecida e confessadamente ineptos para os feitos de Ares. Esse aviltamento da figura de Egisto prenuncia a caracterização de seu governo como tirania na tragédia

Coéforas. Contraposta à covardia, palermice e pusilanimidade de Egisto, cresce a figura de Clitemnestra, numinosa como suporte da cratofania do Nume presente no palácio, heróica pela conquista do poder mediante astúcia, e tirânica pela contestação de legitimidade ao seu governo, contestação à qual, na tragédia *Coéforas*, não poderá responder, apesar de exímia na arte de falar, que lhe valera a conquista do poder.

Nessa sinopse da tragédia *Agamêmnon*, observa-se que o rei Agamêmnon e a rainha Clitemnestra têm ambos uma correlata e equivalente participação tanto em Zeus quanto em Erínis. Essa observação obriga-nos a admitir que, no desenvolvimento da trama dessa tragédia, entrelaçam-se, confundem-se e distinguem-se as diversas formas de *participação* no ser e na presença, e as enantiologicamente correlatas formas de *privação* de ser e de presença. Os nomes e as noções de Zeus, de Deuses Olímpios, e de cada qual dos Deuses Olímpios, abrangem as diversas formas de *participação* no ser e na presença. Os nomes e as noções de *Nýx*, "Noite", *Erínis*, "Fúria", e de *Áte*, "Erronia", abrangem as diversas formas de *privação* de ser e de presença. Não somente na descrição de imagem cuja definição o policéfalo sofista cobra aos que o perseguem (Platão — *Sofista*, 240 a-c), mas também na *Orestéia* de Ésquilo, somos obrigados a reconhecer a contragosto ou de bom grado que de alguma forma o não-ser é, com as implicações aí incluídas e com as explicações que daí decorrem.

A ontologia mítica, que a dialética trágica nos permite entrever, parece trazer consigo correlatas e equivalentes dificuldades e contradições, aporias e enantiologias, correlatas e equivalentes às dificuldades e contradições apresentadas pela ontologia dialética, somente acessível à competência dialética, privilégio exclusivo do verdadeiro filósofo, seja ele o que e quem for, já que é pela competência dialética que se define o que e quem é o filósofo.

SINOPSE DO ESTUDO DA TRAGÉDIA
AGAMÊMNON DE ÉSQUILO

1. Nesta tragédia (e, como veremos, nas que a seguem nesta trilogia), instaura-se a dialética trágica, pré-filosófica e inerente ao pensamento mítico grego arcaico, mas reconfigurada pela estrutura mesma do drama trágico, a dialética que investiga o sentido humano, o sentido heróico e o sentido numinoso (pertinente ao *Daímon*, "Nume") da justiça divina dispensada por Zeus e partilhada pelos homens na *pólis* (traduzido ora por "país", ora por "cidade", "forte", "cidadela"). Pelas múltiplas vias e ante os múltiplos impasses dessa dialética, entrelaçam-se, confundem-se e distinguem-se quatro pontos de vista e quatro graus de verdade, o ponto de vista e o grau de verdade próprios dos Deuses, os dos Numes, os dos Heróis e os dos cidadãos representados pelo coro. A unidade suprema e fundamento transcendente dessa diversa multiplicidade reside em Zeus Olímpio, cujo reverso em sua unidade enantiológica no entanto se mostra nas faces sombrias das filhas da Noite imortal.

2. **Prólogo** (1-39): A súplica aos Deuses (1-21) e a constatação de que a súplica é atendida (22-39). A função do prólogo de informar as circunstâncias gerais da ação: localização em Argos (cf. Tucídides, 1.102.4), a vigilância à maneira de cão, a metáfora do levante e declínio dos astros, o tempo da ação (9-10), a fixação do caráter imperial de Clitemnestra (*andróboulon* "de viril coração", 11), a contemplação do céu noturno (*nyktíplagkton* "noctívago", 12), a situação no palácio de Argos, a lealdade do servo ao rei, a voz potencial do palácio (atualizada na cena de Cassandra), as extremadas variações de sentimentos.

3. **Párodo anapéstico** (40-103): Explicitação e desenvolvimento das informações dadas no prólogo: as metáforas judiciárias (*antídikos* "contraditor", 41; *arogé* "auxílio", "apoio prestado no tribunal", 47); a caracterização da expedição militar como Erínis enviada por Zeus *xénios* "hóspede" (configurando-se assim desde

já a unidade enantiológica de Zeus e Erínis) em contraste com a futilidade do móvel da guerra (*polyánoros amphì gynaikós* "por mulher de muitos homens", 62). A caracterização que o coro faz de si mesmo: a precariedade da extrema decrepitude como metáfora da condição humana em face da vida heróica e divina (*ónar hemeróphanton* "sonho à luz do dia", 82; cf. Píndaro, *Pítia* VIII 135-ss., e Sófocles, *Ájax,* 125-s.). A angústia pelo destino incerto do exército ausente e a perplexidade ante os altares repletos de oferendas em ação de graça. A interrogação à rainha Clitemnestra, presente *in effigie* pela ordem de sacrifícios que se cumpriu por toda a cidade.

4. **Párodo lírico** (104-257): A necessidade de remontar ao sinal numinoso que acompanhou a partida do exército impõe-se ao coro com a interrogação pelo sentido das circunstâncias presentes.
4.1. **O auspício** (104-159): O sinal das águias leporívoras descrito na estrofe e as palavras hermenêuticas do adivinho reproduzidas na antístrofe e no epodo constituem o ponto de vista da verdade numinosa; a noção de *moîra* "parte", "porção", "quinhão", "lote" (130; cf. Hesíodo, *Teogonia* 217-9 e 904-5); a ambigüidade do sinal e a ambivalência das palavras do adivinho, que abrangem o passado e o porvir (*Mênis teknópoinos* "Cólera filivíndice", 155); o âmbito de Ártemis e de Apolo, o sentido de *epíphthonos* "recusadora" e *hagná* "pura" (134); a ambigüidade do estribilho e sua alusão à morte de Ifigênia (121, 139, 159). *4.2.* **O hino a Zeus** (160-183): A piedade da fórmula invocatória (160-3); Zeus como *fundamento* da serenidade de ânimo (164-6), do exercício de poder (imagens teogônicas, 166-73), da prudência (174-5) e das condições que definem o saber humano (176-81); a condição de homem e o sentido da graça violenta dos Numes (*kháris bíaios* "graça violenta", 182-3). *4.3.* **O relato** (184-257): Fortalecido pela invocação e hino a Zeus, em que se busca a verdade do ponto de vista divino, o coro relata os acontecimentos que se seguiram à manifestação do auspício. Restrição do coro à atitude de Agamêmnon (186-7); a voz numinosa das circunstâncias em Áulida (188-204); as palavras de Agamêmnon: a verdade do ponto de vista heróico, a liceidade e o bem do sacrifício de Ifigênia (205-17); a avaliação do coro: a

verdade do ponto de vista humano, a negação das três modalidades do sagrado (*dyssebê* "não pio" ... *ánagnon* "não puro" ... *aníeron* "não sacro"), coerção, demência e audácia no sacrifício de Ifigênia (205-47); as certezas do coro: Calcas e Justiça (248-50), a atitude do coro ante o porvir, *Apías gaías* "ápia terra" (250-7).

5. **Primeiro episódio** (258-354): A atitude do coro ante a rainha (258-63); *ex apitías* "por descrença", *tò pistón* "o que afiança" (268-72); "dolos de Deus", "visões de sonhos", *ápteros phátis* "áptera palavra" (273-6), Hefesto mensageiro, o catálogo dos luzeiros (280-316); o domínio das distâncias espacial e temporal (317-54).

6. **Primeiro estásimo** (355-487): A unidade enantiológica de Zeus e *Nýx* "Noite" (355-66). Primeira estrofe: *athíkton kháris* "a graça do intocável" / *mégan Díkas bomón* "o grande altar de Justiça" (367-84). Primeira antístrofe: *paîs áphertos Átas* "cria insuportável da Erronia" / *paîs potanòn órnin* "criança ... alado pássaro" / *hoîos kaì Páris* "assim também Páris" (385-402). Segunda estrofe: as conseqüências do crime de Páris no palácio real de Argos (403-19). Segunda antístrofe: as conseqüências da guerra nos lares gregos (420-36). Terceira estrofe: *khrysamoibòs Áres* "Ares, que cambia ... por ouro" / *phthoneròn algos* "recusadora dor" (437-55). Terceira antístrofe: *tí nykterephés* "algo recoberto por noite" / negras Erínies / *áphthonos ólbos* "riqueza sem recusa" (456-74). Epodo: O coro recua do assentimento dado à notícia trazida pelo fogo (475-87).

7. **Segundo episódio** (488-680): O arauto anunciado pelo corifeu (489-502); a proclamação do arauto (503-37); a *stikhomythía* entre o corifeu e o arauto (538-50); o preço e o valor da glória perene na apreciação do arauto (551-82); a fala ambígua da rainha (587-614); o inocultável lado sombrio da vitória dos argivos sobre os troianos (620-80).

8. **Segundo estásimo** (681-781): Primeira estrofe: a *etymología* do nome de Helena e a concepção arcaica de linguagem; a diversidade das sortes assinaladas pelo nome (681-698). Primeira antístrofe: os sentidos díspares de *kêdos orthónymon* "com reto nome lutuosa aliança": *hymanaion* "himeneu" / *hímnon polýtrenon*

"hino plangente", *Párin tòn ainólektron* "Páris o pavoroso noivo" (699-716). Segunda estrofe e antístrofe: os aspectos díspares do real: a fábula do leãozinho, *hiereùs tis Átas* "sacerdote de Furor" (717-736). Terceira estrofe: a tríplice identificação de leãozinho / Helena / Erínis, o leãozinho como emblema do palácio dos Atridas (737-749). Terceira antístrofe: o velho provérbio e a constatação por si mesmo da doutrina tradicional a respeito da *hýbris* "soberbia" (750-762). Quarta estrofe: a doutrina da *hýbris* que gera *hýbris*, como manifestação numinosa de *Áte* "Erronia", "Furor" (763-771). Quarta antístrofe: reverso da *hýbris* e da *Áte*, a Justiça é identificada com Zeus (772-781).

9. **Terceiro episódio** (782-974): A recepção do corifeu ao rei Agamêmnon: a dupla conversão, a da atitude do corifeu perante a empresa de Agamêmnon e a dessa empresa, que de demência se converte em trabalho bem realizado (*kairòn kháritos* "à medida do benefício", 787; *eúphron pónon eû telésasin* "grato a quem bem cumpriu a lida", 806; cf. 218-27); a distinção entre os cidadãos "com justiça" *(tòn te dikaíos)* e "sem medida" (*tòn akaíros*, 808), entendendo-se que o corifeu, por sua confissão dessa conversão, inclui-se entre os primeiros (782-809). Saudação do rei a Argos e aos Deuses regionais, "causa concomitante" com o rei (*toùs emoì metaitíous*, 810-11); a destruição de Ílion e o "leão carnívoro" (*omestès léon*, 827); a comparação entre Odisseu e o corifeu como "pronto parceiro" (*hetoîmos... seiraphóros*, 843); o sentido piedoso da figura de Odisseu e de seu epíteto épico *polýmetis* "muito solerte"; metáforas da medicina em política (844-50). No discurso de recepção da rainha ao rei (855-913), parece haver dupla inversão de perspectiva: do espaço público do combate em Tróia (descrito na fala do rei ao coro) para a intimidade doméstica em Argos, e do ponto de vista do herói em sua relação individual com o destino para o ponto de vista da mulher sentada em casa; inversão tão aparente quanto a veracidade da aflição da esposa, a justificativa da ausência do filho, a saudação ao rei e a justificativa da acolhida condigna do sentimento da rainha para com o rei; ambigüidade provocada pela duplicidade de pontos de vista, o numinoso (inaparente) e o meramente humano (aparente). As

razões do rei para recusar a acolhida proposta pela rainha ressaltam a inadequação da homenagem e o risco do *phthónos* divino ("inveja", "recusa", 914-930). A *stikhomythía* entre a rainha e o rei (931-43): a ambigüidade entre a possibilidade pretérita e a imaginária na questão posta pela rainha (933); a condição da possibilidade pretérita vivida pelo rei em Áulida (934); o que Príamo teria feito se tivesse vencido (935); o pedido implícito no conselho da rainha ao rei (936, 938); a ambigüidade da explicitação do pedido (941, 943). A fala do rei arrebatado pela *Áte* "Erronia" (944-57). A fala ambígua da rainha vitoriosa em mais de um sentido (958-74).

10. **Terceiro estásimo** (975-1033). Primeira estrofe: o temor do coração vaticinante; o tempo que envelheceu (975-87). Primeira antístrofe: a nênia sem lira de Erínis, a obstinação do coro na recusa a ver o que se apresenta (988-1000). Segunda estrofe: fuga à ameaça iminente pela reflexão a respeito das vicissitudes humanas como manifestação de Zeus e de Justiça, a serem evitadas pelo temor prudente (1001-1017). Segunda antístrofe: A reflexão sobre a irreversibilidade da morte reconduz à ameaçadora iminência; em silêncio o coração freme de dor, sem esperança (1018-1033).

11. **Quarto episódio** (1035-1330). A figura de Cassandra contrasta sob diversos aspectos com as do rei, da rainha, do corifeu, e depois com a de Egisto, e por si mesma torna manifesta a presença invisível do Nume no palácio. Primeira cena (1035-71): as ironias aparente e inaparente de Clitemnestra, o silêncio de Cassandra, a percepção seletiva com que o coro se abriga da dolorosa irrupção da verdade. Na segunda cena, no *amoibaîon* (1072-1177), há um só interlocutor para o coro, Cassandra, mas para esta há três: Apolo, o Nume presente no palácio e o coro; o diálogo falado entre Cassandra e o corifeu divide-se em três partes pelas irrupções do delírio profético; a imitação cultual do Deus Apolo na destruição das insígnias; o lamento de Cassandra pela precariedade e finitude dos mortais.

12. **Anapestos do coro** (1331-42). O reconhecimento da veracidade das profecias de Cassandra implica, para o coro, o reconhecimento do sentido perigoso e periclitante das circunstâncias presentes no palácio real.

13. **Diálogo dos coreutas** (1343-71). Os sinais de tirania no país, o debate democrático, a urgência da ação e a distinção entre conjectura e claro saber como meio de postergar a ação para a qual o coro de anciãos é inepto.

14. **Quinto episódio** (1372-576). Atendendo a demanda do coro por claro saber, a rainha se apresenta como regicida e como suporte da cratofania das Erínies e do Nume presente no palácio real; *amoibaîon*: simetria estrutural e semântica com o *amoibaîon* do episódio anterior, paralelismo entre ambos pela interlocução de Cassandra e de Clitemnestra com o Nume habitante do palácio real; equivalência entre os dois homicídios, o de Ifigênia e o de Agamêmnon, pela descrição deles em termos de sacrifícios: um oferecido a Ártemis, outro a Zeus subterrâneo.

15. **Último episódio** (1577-673). A justiça tribal no discurso de Egisto; paralelismo temático entre os discursos de Cassandra e de Egisto; aviltamento da figura de Egisto por tomar os anciãos como adversários, traços prévios da caracterização do governo de Egisto como tirania na tragédia seguinte.

ORESTÉIA I

AGAMÊMNON

NOTA EDITORIAL

O texto base desta tradução segue o de J.D. Denniston e Denys Page, exceto nos versos:

144-5 (Denys Page)
304 (Casaubon)
374 (Jean Bollack)
375 (Jean Bollack)
423 (Jean Bollack)
459 (Jean Bollack)
478 (Denys Page)
489-502 (*atribuídos ao Coro*)
1261 (Martin L. West)
1267 (Martin L. West)
1283-84 (*sem transposição do v. 1290*)
1284 (Martin L. West)
1290 (*sem transposição entre 1283-84*)
1521-22 (Martin L. West)
1526-27 (Martin L. West *insere lacuna*)

AS PERSONAGENS DO DRAMA

V(igia).
C(oro).
Cl(itemnestra).
Ar(auto).
Ag(amêmnon).
Ca(ssandra).
E(gisto).

ΦΥΛΑΞ
Θεοὺς μὲν αἰτῶ τῶνδ' ἀπαλλαγὴν πόνων,
φρουρᾶς ἐτείας μῆκος, ἣν κοιμώμενος
στέγαις Ἀτρειδῶν ἄγκαθεν, κυνὸς δίκην,
ἄστρων κάτοιδα νυκτέρων ὁμήγυριν,
καὶ τοὺς φέροντας χεῖμα καὶ θέρος βροτοῖς   5
λαμπροὺς δυνάστας, ἐμπρέποντας αἰθέρι
ἀστέρας, ὅταν φθίνωσιν ἀντολαῖς τε τῶν.
καὶ νῦν φυλάσσω λαμπάδος τὸ σύμβολον,
αὐγὴν πυρὸς φέρουσαν ἐκ Τροίας φάτιν
ἁλώσιμόν τε βάξιν· ὧδε γὰρ κρατεῖ   10
γυναικὸς ἀνδρόβουλον ἐλπίζον κέαρ.
εὖτ' ἂν δὲ νυκτίπλαγκτον ἔνδροσόν τ' ἔχω
εὐνὴν ὀνείροις οὐκ ἐπισκοπουμένην
ἐμήν· φόβος γὰρ ἀνθ' ὕπνου παραστατεῖ
τὸ μὴ βεβαίως βλέφαρα συμβαλεῖν ὕπνῳ·   15
ὅταν δ' ἀείδειν ἢ μινύρεσθαι δοκῶ,
ὕπνου τόδ' ἀντίμολπον ἐντέμνων ἄκος,
κλαίω τότ' οἴκου τοῦδε συμφορὰν στένων
οὐχ ὡς τὰ πρόσθ' ἄριστα διαπονουμένου.
νῦν δ' εὐτυχὴς γένοιτ' ἀπαλλαγὴ πόνων,   20
εὐαγγέλου φανέντος ὀρφναίου πυρός.
ὦ χαῖρε λαμπτὴρ νυκτὸς ἡμερήσιον
φάος πιφαύσκων καὶ χορῶν κατάστασιν
πολλῶν ἐν Ἄργει τῆσδε συμφορᾶς χάριν.
ἰοὺ ἰού·   25
Ἀγαμέμνονος γυναικὶ σημαίνω τορῶς
εὐνῆς ἐπαντείλασαν ὡς τάχος δόμοις
ὀλολυγμὸν εὐφημοῦντα τῇδε λαμπάδι
ἐπορθιάζειν, εἴπερ Ἰλίου πόλις
ἑάλωκεν, ὡς ὁ φρυκτὸς ἀγγέλλων πρέπει·   30
αὐτός τ' ἔγωγε φροίμιον χορεύσομαι·

PRÓLOGO

V.   Aos Deuses peço: afastem estas fadigas,
     a vigilância de longo ano, quando deitado
     no alto teto dos Atridas como um cão
     conheço a ágora dos astros noturnos
     e os que dão inverno e verão aos mortais,   5
     claros príncipes a brilhar no firmamento,
     astros, ao desaparecerem e ascendentes.
     Agora aguardo o sinal do lampejo,
     a luz do fogo a trazer voz de Tróia
     e notícia da captura, tal é o poder   10
     do viril coração expectante da mulher.
     Quando tenho o meu leito noctívago
     e orvalhado sem a visita de sonhos,
     pois o pavor em vez do sono assiste
     sem fechar pálpebras firmes no sono,   15
     e quando penso em cantar ou chilrear
     talhando este sonoro remédio do sono,
     choro e gemo a conjuntura desta casa
     não como antes a mais bem servida.
     Agora seja feliz afastamento de fadigas,   20
     ao surgir nas trevas o fogo mensageiro.
     Salve, ó luzeiro da noite, anúncio
     de diurna claridade e de muitos coros
     compostos em Argos por esta conjuntura.
     Ioú, ioú,   25
     assinalo claro à mulher de Agamêmnon:
     ergue-te do leito e já eleva pelo palácio
     o alarido álacre por este lampejo,
     se está capturada a fortaleza de Ílion
     como o clarão se mostra mensageiro.   30
     Por mim mesmo dançarei o prelúdio

τὰ δεσποτῶν γὰρ εὖ πεσόντα θήσομαι,
τρὶς ἓξ βαλούσης τῆσδέ μοι φρυκτωρίας.
γένοιτο δ' οὖν μολόντος εὐφιλῆ χέρα
ἄνακτος οἴκων τῇδε βαστάσαι χερί·   35
τὰ δ' ἄλλα σιγῶ· βοῦς ἐπὶ γλώσσῃ μέγας
βέβηκεν· οἶκος δ' αὐτός, εἰ φθογγὴν λάβοι,
σαφέστατ' ἂν λέξειεν· ὡς ἑκὼν ἐγώ
μαθοῦσιν αὐδῶ κοὐ μαθοῦσι λήθομαι.

pois farei os bons lances dos soberanos
quando o clarão me deu triplos seis.
Que possa na vinda tomar nesta mão
a mão amiga do senhor do palácio! 35
O mais calo. Grande boi na língua
pisou. A casa mesma, se tivesse voz,
falaria bem claro como eu adrede
a quem sabe falo e aos outros oculto.

ΧΟΡΟΣ
δέκατον μὲν ἔτος τόδ' ἐπεὶ Πριάμου 40
μέγας ἀντίδικος,
Μενέλαος ἄναξ ἠδ' Ἀγαμέμνων,
διθρόνου Διόθεν καὶ δισκήπτρου
τιμῆς ὀχυρὸν ζεῦγος Ἀτρειδᾶν,
στόλον Ἀργείων χιλιοναύτην 45
τῆσδ' ἀπὸ χώρας
ἦραν, στρατιῶτιν ἀρωγήν,
μεγάλ' ἐκ θυμοῦ κλάζοντες Ἄρη,
τρόπον αἰγυπιῶν οἵτ' ἐκπατίοις
ἄλγεσι παίδων ὕπατοι λεχέων 50
στροφοδινοῦνται
πτερύγων ἐρετμοῖσιν ἐρεσσόμενοι,
δεμνιοτήρη
πόνον ὀρταλίχων ὀλέσαντες·
ὕπατος δ' ἀίων ἤ τις Ἀπόλλων 55
ἢ Πὰν ἢ Ζεὺς οἰωνόθροον
γόον ὀξυβόαν τῶνδε μετοίκων
ὑστερόποινον
πέμπει παραβᾶσιν Ἐρινύν·
οὕτω δ' Ἀτρέως παῖδας ὁ κρείσσων 60
ἐπ' Ἀλεξάνδρῳ πέμπει ξένιος
Ζεύς, πολυάνορος ἀμφὶ γυναικὸς
πολλὰ παλαίσματα καὶ γυιοβαρῆ,
γόνατος κονίαισιν ἐρειδομένου
διακναιομένης τ' ἐν προτελείοις 65
κάμακος, θήσων Δαναοῖσιν
Τρωσί θ' ὁμοίως. ἔστι δ' ὅπῃ νῦν
ἔστι· τελεῖται δ' ἐς τὸ πεπρωμένον·
οὔθ' ὑποκαίων οὔτ' ἀπολείβων
ἀπύρων ἱερῶν 70

PÁRODO ANAPÉSTICO

C. Faz dez anos o grande 40
    contraditor de Príamo
    o rei Menelau e Agamêmnon,
    estrênuo par de Atridas honrado
    por Zeus com dois tronos e dois cetros,
    levou frota de mil navios 45
    argivos desta terra,
    auxílio militar, de ânimo
    com grande clamor de Ares,
    como abutres com erradias dores
    por sobre os ninhos dos filhos 50
    rodopiam
    remando com remos de asas,
    perdida a cuidosa
    fadiga com filhotes.
    Nos súperos, Apolo ou Pã 55
    ou Zeus, ouvindo o trilado
    pranto agudo destes metecos,
    envia aos transgressores
    depois punitiva Erínis.
    Assim o Superior envia 60
    Atridas contra Alexandre:
    por mulher de muitos homens
    o Hóspede Zeus imporá
    muitas lutas de fortes braços
    a dânaos e troianos por igual, 65
    quando no pó joelho se apóia
    e quebra-se lança nas primícias.
    É como é, cumprir-se-á o destino:
    nem queimando, nem libando
    oferendas sem fogo, 70

ὀργὰς ἀτενεῖς παραθέλξει.
ἡμεῖς δ' ἀτίται σαρκὶ παλαιᾷ
τῆς τότ' ἀρωγῆς ὑπολειφθέντες
μίμνομεν ἰσχὺν
ἰσόπαιδα νέμοντες ἐπὶ σκήπτροις· 75
ὅ τε γὰρ νεαρὸς μυελὸς στέρνων
ἐντὸς ἀνάσσων
ἰσόπρεσβυς, Ἄρης δ' οὐκ ἐνὶ χώρᾳ·
τό θ' ὑπέργηρων φυλλάδος ἤδη
κατακαρφομένης τρίποδας μὲν ὁδοὺς 80
στείχει, παιδὸς δ' οὐδὲν ἀρείων
ὄναρ ἡμερόφαντον ἀλαίνει.
σὺ δέ, Τυνδάρεω
θύγατερ, βασίλεια Κλυταιμήστρα,
τί χρέος; τί νέον; τί δ' ἐπαισθομένη, 85
τίνος ἀγγελίας
πειθοῖ περίπεμπτα θυοσκεῖς;
πάντων δὲ θεῶν τῶν ἀστυνόμων,
ὑπάτων, χθονίων, τῶν τε θυραίων
τῶν τ' ἀγοραίων, 90
βωμοὶ δώροισι φλέγονται·
ἄλλη δ' ἄλλοθεν οὐρανομήκης
λαμπὰς ἀνίσχει,
φαρμασσομένη χρίματος ἀγνοῦ
μαλακαῖς ἀδόλοισι παρηγορίαις, 95
πελανῷ μυχόθεν βασιλείῳ.
τούτων λέξας' ὅ τι καὶ δυνατὸν
καὶ θέμις, αἴνει παιών τε γενοῦ
τῆσδε μερίμνης,
ἣ νῦν τοτὲ μὲν κακόφρων τελέθει, 100
τοτὲ δ' ἐκ θυσιῶν ἃς ἀναφαίνεις
ἐλπὶς ἀμύνει φροντίδ' ἄπληστον
†τὴν θυμοφθόρον λύπης φρένα.†

enfeitiçará infléxeis cóleras.
Nós, sem valor na carne antiga,
relegados daquela expedição,
ficamos levando força
igual à infantil sobre bengalas: 75
a jovem medula palpita
dentro do peito
igual à senil, ausente Ares;
já murcha a fronde
marcha o ancião com três pés 80
e não mais viril que um menino,
sonho à luz do dia, vagueia.
Ó tu, filha de Tíndaro,
Rainha Clitemnestra,
que coisa, que nova, o que ouviste, 85
por que notícia
persuadida sacrificas nos redores?
De todos os Deuses urbícolas,
súperos, ínferos, os das portas
e os das praças, 90
altares com dádivas fumegam,
um longo lampejo no céu
de cada lado se eleva
drogado de ungüento santo
com brando fomento sem dolo, 95
com óleo régio da reserva.
Diz o que disto é possível
e lícito; anui e traz a cura
desta aflição:
hoje, ora prevalece a tristeza, 100
ora pelos sacrifícios que acendes
a esperança repele a aflição
insaciável devastadora do ânimo.

κύριός εἰμι θροεῖν ὅδιον κράτος αἴσιον ἀνδρῶν   Str.
ἐκτελέων· ἔτι γὰρ θεόθεν καταπνείει   105
πειθώ, μολπᾷ δ' ἀλκὰν σύμφυτος αἰών·
ὅπως Ἀχαιῶν δίθρονον κράτος, Ἑλλάδος ἥβας
    ξύμφρονα ταγάν,   110
πέμπει ξὺν δορὶ καὶ χερὶ πράκτορι
    θούριος ὄρνις Τευκρίδ' ἐπ' αἶαν,
οἰωνῶν βασιλεὺς βασιλεῦσι νε-
    ῶν, ὁ κελαινὸς ὅ τ' ἐξόπιν ἀργᾶς,   115
φανέντες ἴκταρ μελάθρων χερὸς ἐκ δοριπάλτου
παμπρέπτοις ἐν ἕδραισιν,
βοσκομένω λαγίναν ἐρικύμονα φέρματι γένναν,
βλάψαντε λοισθίων δρόμων.   120
αἴλινον αἴλινον εἰπέ, τὸ δ' εὖ νικάτω.

κεδνὸς δὲ στρατόμαντις ἰδὼν δύο λήμασι δισσοὺς   Ant.
Ἀτρεΐδας μαχίμους ἐδάη λαγοδαίτας,
πομποὺς ἀρχᾶς· οὕτω δ' εἶπε τεράζων·   125
' χρόνῳ μὲν ἀγρεῖ Πριάμου πόλιν ἅδε κέλευθος,
    πάντα δὲ πύργων
κτήνη πρόσθετα δημιοπληθῆ
    μοῖρα λαπάξει πρὸς τὸ βίαιον·   130
οἷον μή τις ἄγα θεόθεν κνεφά-
    σῃ προτυπὲν στόμιον μέγα Τροίας
στρατωθέν· οἴκτῳ γὰρ ἐπίφθονος Ἄρτεμις ἁγνὰ
πτανοῖσιν κυσὶ πατρὸς   135
αὐτότοκον πρὸ λόχου μογερὰν πτάκα θυομένοισιν·
στυγεῖ δὲ δεῖπνον αἰετῶν.'
αἴλινον αἴλινον εἰπέ, τὸ δ' εὖ νικάτω.

' τόσον περ εὔφρων ἁ καλὰ   Epod.
δρόσοις ἀέπτοις μαλερῶν λεόντων   141

PÁRODO LÍRICO

Posso falar do fausto poder viário de homens   EST. 1
feitos: por Deus Persuasão ainda me inspira   105
e a idade é apta ao canto das façanhas.
Impetuoso pássaro envia à terra têucrida
o poder aqueu de dois tronos,   110
o prudente império da juventude grega,
com lança e braço atuante.
Os reis das aves, ante os reis das naves,
— o negro e o outro alvacento atrás, —   115
vistos perto do palácio à mão da lança
em bem evidentes posições,
devorando a lebre prenhe com sua cria
tolheram-lhe últimas corridas.   120
Lúgubre lúgubre canta, mas vença o bem.

O sábio adivinho ao ver soube: dois Atridas   ANT. 1
de dupla índole, belicosos, vorazes de lebre,
condutores do império, e disse o vaticínio: 125
"A tempo esta incursão pilha o país de Príamo,
"Ruína espoliará com violência
"todas as tropas que o povo pôs
"copiosas diante das muralhas.   130
"Que a ira dos Deuses não entenebreça
"por precipitado o grande freio de Tróia
"acampado; por dó Ártemis pura se recusa
"aos alados cães do Pai sacrificadores   135
"de mísera lebre prenhe antes do parto
"e tem horror ao repasto das águias."
Lúgubre lúgubre canta, mas vença o bem.

"A Bela, porquanto benévola   EPODO
"com filhotes inermes de árdegos leões   141

πάντων τ' ἀγρονόμων φιλομάστοις
θηρῶν ὀβρικάλοισι τερπνά,
τούτων αἰτεῖ ξύμβολα κρᾶναι,
δεξιὰ μὲν κατάμομφα δὲ φάσματα. 145
ἰήιον δὲ καλέω Παιᾶνα,
μή τινας ἀντιπνόους Δαναοῖς χρονί-
  ας ἐχενῇδας ἀπλοίας
τεύξῃ, σπευδομένα θυσίαν ἑτέραν ἄνομόν τιν' ἄδαιτον,
νεικέων τέκτονα σύμφυτον, οὐ δει- 151
  σήνορα· μίμνει γὰρ φοβερὰ παλίνορτος
οἰκονόμος δολία, μνάμων Μῆνις τεκνόποινος.' 155
τοιάδε Κάλχας ξὺν μεγάλοις ἀγαθοῖς ἀπέκλαγξεν
μόρσιμ' ἀπ' ὀρνίθων ὁδίων οἴκοις βασιλείοις·
τοῖς δ' ὁμόφωνον
αἴλινον αἴλινον εἰπέ, τὸ δ' εὖ νικάτω. 159

Ζεὺς ὅστις πότ' ἐστιν, εἰ τόδ' αὐ- Str.
  τῷ φίλον κεκλημένῳ, 161
τοῦτό νιν προσεννέπω·
οὐκ ἔχω προσεικάσαι
  πάντ' ἐπισταθμώμενος
πλὴν Διός, εἰ τὸ μάταν ἀπὸ φροντίδος ἄχθος 165
χρὴ βαλεῖν ἐτητύμως·

οὐδ' ὅστις πάροιθεν ἦν μέγας, Ant.
  παμμάχῳ θράσει βρύων,
οὐδὲ λέξεται πρὶν ὤν· 170
ὃς δ' ἔπειτ' ἔφυ, τριά-
  κτῆρος οἴχεται τυχών·
Ζῆνα δέ τις προφρόνως ἐπινίκια κλάζων
τεύξεται φρενῶν τὸ πᾶν· 175

τὸν φρονεῖν βροτοὺς ὁδώ- Str.
  σαντα, τὸν πάθει μάθος
θέντα κυρίως ἔχειν·
στάζει δ' ἀνθ' ὕπνου πρὸ καρδίας

"e prazerosa com lactentes crias
"de todos os animais selvícolas,
"pede que deles se cumpram sinais,
"destras mas repreensíveis visões. 145
"Invoco Ieio Peã,
"que ela não faça aos dânaos ventos adversos
"tardios travantes inavegáveis,
"a urgir sacrifício outro insólito impartilhável,
"inato artesão de rixas por não temer marido, 151
"pois permanece pavorosa ressurgente
"Caseira astuta: mêmore Cólera filivíndice." 155
Calcas proclamou com grandes bens
tais sinas de pássaros viários ao palácio real.
Consoante com elas
lúgubre lúgubre canta, mas vença o bem. 159

Zeus, quem seja enfim, EST. 2
se lhe é caro este nome 161
com ele o interpelo.
Não posso imaginar
com toda ponderação
senão Zeus, se deveras devo banir 165
do pensamento a fútil aflição.

Aquele que antes foi grande, ANT. 2
pleno de belicosa audácia,
nem se dirá, por ser antigo. 170
Aquele que surgiu depois
teve seu trivencedor e foi.
Quem propenso celebra a vitória de Zeus
há de lograr prudência em tudo: 175

ele encaminhou mortais EST. 3
à prudência, ele que pôs
em vigor "saber por sofrer".
A dor que se lembra da chaga

μνησιπήμων πόνος· καὶ παρ' ἄ- 180
κοντας ἦλθε σωφρονεῖν·
δαιμόνων δέ που χάρις βίαιος
σέλμα σεμνὸν ἡμένων.

καὶ τόθ' ἡγεμὼν ὁ πρέ- Ant.
σβυς νεῶν Ἀχαιϊκῶν, 185
μάντιν οὔτινα ψέγων,
ἐμπαίοις τύχαισι συμπνέων,
εὖτ' ἀπλοίᾳ κεναγγεῖ βαρύ-
νοντ' Ἀχαιϊκὸς λεώς,
Χαλκίδος πέραν ἔχων παλιρρό- 190
χθοις ἐν Αὐλίδος τόποις·

πνοαὶ δ' ἀπὸ Στρυμόνος μολοῦσαι Str.
κακόσχολοι, νήστιδες, δύσορμοι,
βροτῶν ἄλαι,
ναῶν ⟨τε⟩ καὶ πεισμάτων ἀφειδεῖς, 195
παλιμμήκη χρόνον τιθεῖσαι
τρίβῳ κατέξαινον ἄνθος Ἀργεί-
ων· ἐπεὶ δὲ καὶ πικροῦ
χείματος ἄλλο μῆχαρ
βριθύτερον πρόμοισιν 200
μάντις ἔκλαγξεν προφέρων
Ἄρτεμιν, ὥστε χθόνα βά-
κτροις ἐπικρούσαντας Ἀτρεί-
δας δάκρυ μὴ κατασχεῖν·

ἄναξ δ' ὁ πρέσβυς τόδ' εἶπε φωνῶν· Ant.
' βαρεῖα μὲν κὴρ τὸ μὴ πιθέσθαι, 206
βαρεῖα δ', εἰ
τέκνον δαΐξω, δόμων ἄγαλμα,
μιαίνων παρθενοσφάγοισιν
ῥείθροις πατρῴους χέρας πέλας βω- 210
μοῦ· τί τῶνδ' ἄνευ κακῶν;
πῶς λιπόναυς γένωμαι

sangra insone ante o coração 180
e a contragosto vem a prudência.
Violenta é a graça dos Numes
sentados no venerável trono.

Assim ainda é o grande guia ANT. 3
da esquadra de aqueus, 185
sem vitupério a nenhum adivinho,
a conspirar com os golpes da sorte,
quando a demora esfomeante
oprimia o povo aqueu
retido diante de Cálcida 190
nas réfluas praias de Áulida:

ventos vindos do Estrímon EST. 4
malparados, famintos, importuários,
errâncias de mortais, ruinosos
ao cordame e aos navios, 195
impondo recuo ao tempo,
no atrito puíam a flor de argivos.
Quando o adivinho proclamou
outro remédio mais grave
para os chefes que o áspero 200
inverno, ao anunciar
Ártemis de modo a baterem
chão com bastão os Atridas
sem conterem o pranto,

o grande guia assim disse: ANT. 4
"Grave cisão é não confiar, 206
"grave cisão, se eu trucidar
"a filha, adorno do palácio,
"poluindo de filicidiais fluxos
"paternas mãos ante altar. 210
"Que há sem estes males?
"Como ser desertor das naus

ξυμμαχίας ἁμαρτών;
παυσανέμου γὰρ θυσίας
παρθενίου θ' αἵματος ὀρ-   215
  γᾷ περιοργῷ σ⟨φ'⟩ ἐπιθυ-
  μεῖν θέμις· εὖ γὰρ εἴη.'

ἐπεὶ δ' ἀνάγκας ἔδυ λέπαδνον   Str.
φρενὸς πνέων δυσσεβῆ τροπαίαν
ἄναγνον, ἀνίερον, τόθεν   220
τὸ παντότολμον φρονεῖν μετέγνω·
βροτοὺς θρασύνει γὰρ αἰσχρόμητις
τάλαινα παρακοπὰ πρωτοπήμων·
ἔτλα δ' οὖν θυτὴρ γενέ-
  σθαι θυγατρός, γυναικοποί-   225
  νων πολέμων ἀρωγὰν
καὶ προτέλεια ναῶν.

λιτὰς δὲ καὶ κληδόνας πατρῴους   Ant.
παρ' οὐδὲν αἰῶνα παρθένειόν ⟨τ'⟩
ἔθεντο φιλόμαχοι βραβῆς·   230
φράσεν δ' ἀόζοις πατὴρ μετ' εὐχὰν
δίκαν χιμαίρας ὕπερθε βωμοῦ
πέπλοισι περιπετῆ παντὶ θυμῷ
προνωπῆ λαβεῖν ἀέρ-
  δην στόματός τε καλλιπρῴ-   235
  ρου φυλακᾷ κατασχεῖν
φθόγγον ἀραῖον οἴκοις,

βίᾳ χαλινῶν τ' ἀναύδῳ μένει·   Str.
κρόκου βαφὰς δ' ἐς πέδον χέουσα
ἔβαλλ' ἕκαστον θυτή-
  ρων ἀπ' ὄμματος βέλει φιλοίκτῳ,   240
πρέπουσά θ' ὡς ἐν γραφαῖς, προσεννέπειν
θέλουσ', ἐπεὶ πολλάκις
πατρὸς κατ' ἀνδρῶνας εὐτραπέζους
ἔμελψεν, ἁγνᾷ δ' ἀταύρωτος αὐδᾷ πατρὸς 245

"por frustrar o bélico pacto?
"O sacrifício de cessar-vento
"e o virgíneo sangue, desejá-los 215
"com superfurioso furor,
"é lícito, pois que bem seja!"

Quando sob o jugo da coerção EST. 5
respira ímpia mudança de ânimo
nem pura nem sacra, doravante 220
concebeu pensar toda ousadia:
mísera demência mestra de vilezas
faz audazes mortais, matriz de males.
Ousou fazer o sacrifício
da filha: auxílio aos combates 225
vingadores de mulher
e primícias por navios.

Súplicas e apelos ao pai, ANT. 5
nada, nem a vida virgínea,
os cabos de guerra consideraram. 230
Após a prece o pai diz aos servos:
sobre o altar ao modo de cabra
erguê-la com todo ânimo
prona envolta em mantos,
e atentos à boca de bela fronte 235
conter voz imprecatória
contra o palácio

com violência e muda força de mordaça. EST. 6
Ao verter ao chão vestes açafroadas
lançava a cada um dos sacrificadores
lanças dos olhos lastimosas 240
e brilhante como numa pintura
queria interpelar, porque muitas vezes
cantou nos bem servidos salões do pai,
e inupta com voz pura amavelmente 245

φίλου τριτόσπονδον εὔποτμον παι-
  ῶνα φίλως ἐτίμα.

τὰ δ' ἔνθεν οὔτ' εἶδον οὔτ' ἐννέπω· Ant.
τέχναι δὲ Κάλχαντος οὐκ ἄκραντοι·
Δίκα δὲ τοῖς μὲν παθοῦ-
  σιν μαθεῖν ἐπιρρέπει· τὸ μέλλον ⟨δ'⟩ 250
ἐπεὶ γένοιτ' ἂν κλύοις· πρὸ χαιρέτω·
ἴσον δὲ τῷ προστένειν·
τορὸν γὰρ ἥξει σύνορθρον αὐγαῖς·
πέλοιτο δ' οὖν τἀπὶ τούτοισιν εὖ πρᾶξις, ὡς 255
θέλει τόδ' ἄγχιστον Ἀπίας γαί-
  ας μονόφρουρον ἕρκος.

honrava o fausto peã trilibado
do amado pai.

O depois disso nem vi nem digo. ANT. 6
Artes de Calcas não são sem efeito.
Justiça impõe que a saibam 250
os que a sofrem, e o porvir,
quando viesse, ouvirias. Antes, alegre-se!
E adeus ao prévio pranto!
Claro virá ao surgir a luz.
Nisso, pois, seja feliz o evento, 255
como quer próxima de ápia terra
esta única fortaleza vígil.

ἥκω σεβίζων σὸν Κλυταιμήστρα κράτος·
δίκη γάρ ἐστι φωτὸς ἀρχηγοῦ τίειν
γυναῖκ' ἐρημωθέντος ἄρσενος θρόνου· 260
σὺ δ' εἴ τι κεδνὸν εἴτε μὴ πεπυσμένη
εὐαγγέλοισιν ἐλπίσιν θυηπολεῖς,
κλύοιμ' ἂν εὔφρων· οὐδὲ σιγώσῃ φθόνος.
ΚΛΥΤΑΙΜΗΣΤΡΑ
εὐάγγελος μέν, ὥσπερ ἡ παροιμία,
ἕως γένοιτο μητρὸς εὐφρόνης πάρα· 265
πεύσῃ δὲ χάρμα μεῖζον ἐλπίδος κλύειν·
Πριάμον γὰρ ᾑρήκασιν Ἀργεῖοι πόλιν.

Χο. πῶς φῄς; πέφευγε τοὔπος ἐξ ἀπιστίας.

Κλ. Τροίαν Ἀχαιῶν οὖσαν· ἦ τορῶς λέγω;

Χο. χαρά μ' ὑφέρπει δάκρυον ἐκκαλουμένη. 270

Κλ. εὖ γὰρ φρονοῦντος ὄμμα σοῦ κατηγορεῖ.

Χο. τί γὰρ τὸ πιστόν; ἔστι τῶνδέ σοι τέκμαρ;

Κλ. ἔστιν· τί δ' οὐχί; μὴ δολώσαντος θεοῦ.

Χο. πότερα δ' ὀνείρων φάσματ' εὐπειθῆ σέβεις;

Κλ. οὐ δόξαν ἂν λάβοιμι βριζούσης φρενός. 275

Χο. ἀλλ' ἦ σ' ἐπίανέν τις ἄπτερος φάτις;

Κλ. παιδὸς νέας ὣς κάρτ' ἐμωμήσω φρένας.

PRIMEIRO EPISÓDIO

C. Venho reverente a teu poder, Clitemnestra,
pois justo é honrar a mulher do rei
quando o trono está ermo de homem. 260
Se sacrificas por saberes de algo bom,
ou se por esperanças de boas novas,
ouviria benévolo, sem te recusar silêncio.

Cl. Com boas novas, como diz o provérbio,
venha Aurora de sua benévola mãe. 265
Ouvirás alegria maior que a esperança:
argivos capturaram o país de Príamo.

C. Que?! Escapa-me a palavra por descrença.

Cl. Tróia é de aqueus, não falo claro?

C. Alegria me penetra provocando pranto. 270

Cl. Sim, teu olho acusa tua benevolência.

C. O que afiança? Disso tens prova?

Cl. Sim, por que não? Sem dolo de Deus.

C. Veneras persuasivas visões de sonhos?

Cl. Não teria a opinião de dormente espírito. 275

C. Talvez áptera palavra te nutriu.

Cl. Repreendeste como a pueril espírito.

Χο. ποίου χρόνου δὲ καὶ πεπόρθηται πόλις;

Κλ. τῆς νῦν τεκούσης φῶς τόδ' εὐφρόνης λέγω.

Χο. καὶ τίς τόδ' ἐξίκοιτ' ἂν ἀγγέλων τάχος; 280

Κλ. Ἥφαιστος, Ἴδης λαμπρὸν ἐκπέμπων σέλας·
φρυκτὸς δὲ φρυκτὸν δεῦρ' ἀπ' ἀγγάρου πυρός
ἔπεμπεν· Ἴδη μὲν πρὸς Ἑρμαῖον λέπας
Λήμνου· μέγαν δὲ πανὸν ἐκ νήσου τρίτον
Ἀθῷον αἶπος Ζηνὸς ἐξεδέξατο· 285
ὑπερτελής τε πόντον ὥστε νωτίσαι
ἰσχὺς πορευτοῦ λαμπάδος †πρὸς ἡδονήν†
. . . .
πεύκη τὸ χρυσοφεγγὲς ὥς τις ἥλιος
σέλας παραγγείλασα Μακίστου σκοπαῖς·
ὁ δ' οὔτι μέλλων οὐδ' ἀφρασμόνως ὕπνῳ 290
νικώμενος παρῆκεν ἀγγέλου μέρος,
ἑκὰς δὲ φρυκτοῦ φῶς ἐπ' Εὐρίπου ῥοάς
Μεσσαπίου φύλαξι σημαίνει μολόν·
οἱ δ' ἀντέλαμψαν καὶ παρήγγειλαν πρόσω
γραίας ἐρείκης θωμὸν ἅψαντες πυρί· 295
σθένουσα λαμπὰς δ' οὐδέ πω μαυρουμένη,
ὑπερθοροῦσα πεδίον Ἀσωποῦ, δίκην
φαιδρᾶς σελήνης, πρὸς Κιθαιρῶνος λέπας
ἤγειρεν ἄλλην ἐκδοχὴν πομποῦ πυρός·
φάος δὲ τηλέπομπον οὐκ ἠναίνετο 300
φρουρά, πλέον καίουσα τῶν εἰρημένων·
λίμνην δ' ὑπὲρ Γοργῶπιν ἔσκηψεν φάος,
ὄρος τ' ἐπ' Αἰγίπλαγκτον ἐξικνούμενον
ὤτρυνε θεσμὸν μὴ χρονίζεσθαι πυρός·
πέμπουσι δ' ἀνδαίοντες ἀφθόνῳ μένει 305
φλογὸς μέγαν πώγωνα †καὶ Σαρωνικοῦ
πορθμοῦ κάτοπτον πρῶν'† ὑπερβάλλειν πρόσω
φλέγουσαν·† εἶτ' ἔσκηψεν, εἶτ' ἀφίκετο
Ἀραχναῖον αἶπος, ἀστυγείτονας σκοπάς·

C.   E desde quando se devastou o país?

Cl. Digo desde a noite mãe desta manhã.

C.   E qual mensageiro viria tão veloz?   280

Cl. Hefesto emite em Ida nítido brilho.
     Facho envia facho do mensageiro fogo
     para cá. Ida para a pedra de Hermes
     em Lemno e da ilha recebeu grande
     tocha o monte Atos de Zeus, terceiro.   285
     Altaneira de modo a transpor o mar
     a força do lampejo viajante por prazer
     . . . .
     pinho transmite aurifúlgido brilho
     como um sol ao mirante do Macisto.
     Este sem tardar nem por incauto sono   290
     vencido perde a vez de mensageiro
     e longe nos fluxos de Euripo indica
     ir a luz do facho aos vigias de Messápio.
     Estes refletem e transmitem adiante
     pondo fogo na pilha de velha urze,   295
     forte lampejo não ainda amortecido
     ultrapassando a planície de Asopo
     como esplêndida lua, no monte Citéron
     desperta outra muda de fogo núncio
     e a luz longe-núncia não se nega   300
     vígil a arder mais que o mandado.
     A luz cai além do lago olho-de-górgona
     e ao atingir o monte das cabras errantes
     impelia a não protelar a lei do fogo.
     Enviam acesa com irrecusado vigor   305
     longa língua de fogo a transpor longe
     o promontório vigia do estreito Sarônico
     em chamas e irrompe e atinge
     o monte Aracneu mirante vizinho

κἄπειτ' Ἀτρειδῶν ἐς τόδε σκήπτει στέγος 310
φάος τόδ' οὐκ ἄπαππον Ἰδαίου πυρός.
τοιοίδε τοί μοι λαμπαδηφόρων νόμοι,
ἄλλος παρ' ἄλλου διαδοχαῖς πληρούμενοι·
νικᾷ δ' ὁ πρῶτος καὶ τελευταῖος δραμών.
τέκμαρ τοιοῦτον σύμβολόν τέ σοι λέγω 315
ἀνδρὸς παραγγείλαντος ἐκ Τροίας ἐμοί.

Χο. θεοῖς μὲν αὖθις, ὦ γύναι, προσεύξομαι·
λόγους δ' ἀκοῦσαι τούσδε κἀποθαυμάσαι
διηνεκῶς θέλοιμ' ἄν, ὡς λέγοις πάλιν.

Κλ. Τροίαν Ἀχαιοὶ τῇδ' ἔχουσ' ἐν ἡμέρᾳ· 320
οἶμαι βοὴν ἄμεικτον ἐν πόλει πρέπειν·
ὄξος τ' ἄλειφά τ' ἐγχέας ταὐτῷ κύτει
διχοστατοῦντ' ἂν οὐ φίλω προσεννέποις·
καὶ τῶν ἁλόντων καὶ κρατησάντων δίχα
φθογγὰς ἀκούειν ἔστι συμφορᾶς διπλῆς· 325
οἱ μὲν γὰρ ἀμφὶ σώμασιν πεπτωκότες
ἀνδρῶν κασιγνήτων τε καὶ †φυταλμίων
παῖδες γερόντων† οὐκέτ' ἐξ ἐλευθέρου
δέρης ἀποιμώζουσι φιλτάτων μόρον·
τοὺς δ' αὖτε νυκτίπλαγκτος ἐκ μάχης πόνος 330
νήστεις πρὸς ἀρίστοισιν ὧν ἔχει πόλις
τάσσει, πρὸς οὐδὲν ἐν μέρει τεκμήριον,
ἀλλ' ὡς ἕκαστος ἔσπασεν τύχης πάλον.
ἐν ⟨δ'⟩ αἰχμαλώτοις Τρωϊκοῖς οἰκήμασιν
ναίουσιν ἤδη, τῶν ὑπαιθρίων πάγων 335
δρόσων τ' ἀπαλλαχθέντες, ὡς δ' εὐδαίμονες
ἀφύλακτον εὑδήσουσι πᾶσαν εὐφρόνην.
εἰ δ' εὐσεβοῦσι τοὺς πολισσούχους θεοὺς
τοὺς τῆς ἁλούσης γῆς θεῶν θ' ἱδρύματα,
οὔ τἂν ἑλόντες αὖθις ἀνθαλοῖεν ἄν· 340
ἔρως δὲ μή τις πρότερον ἐμπίπτῃ στρατῷ
πορθεῖν ἃ μὴ χρὴ κέρδεσιν νικωμένους·
δεῖ γὰρ πρὸς οἴκους νοστίμου σωτηρίας,

   e depois cai no teto dos Atridas   310
   esta luz provinda do fogo em Ida.
   Tais as leis de meus portadores de tochas
   preenchendo em sucessão um do outro,
   vencem primeiro e último a correr.
   Tal é a prova e sinal que te digo,   315
   transmitiu-me de Tróia o marido.

C. Preces, ó mulher, depois farei aos Deuses.
   Quereria ouvir até o fim estas palavras
   e admirá-las como de novo contasses.

Cl. Neste momento aqueus ocupam Tróia.   320
   Penso ressoar no país grito sem mescla.
   Vertidos vinagre e azeite na mesma vasilha
   adversários sem amizade os chamarias;
   dos vencidos e vencedores vozes diversas
   podem-se ouvir pela situação dúplice: 325
   Alguns caídos ao redor de cadáveres
   de maridos, de irmãos e de velhos pais,
   pranteiam de garganta não mais livre
   o massacre dos seus mais queridos.
   Noctívaga fadiga de batalha dispõe   330
   outros à refeição do que há na cidade,
   famintos, sem nenhum indício de ordem,
   mas como a cada um sorteia o acaso.
   Nas moradias troianas conquistadas
   já se abrigam, livres de geada celeste   335
   e orvalho, e crendo-se com bons Numes
   toda a noite dormirão sem vigilância.
   Se temem os Deuses tutelares do país,
   os da terra vencida e templos dos Deuses,
   vencendo não seriam outra vez vencidos.   340
   Não invada o exército desejo de pilhar
   o que não deve, derrotado por ganância.
   Precisam de salvação no retorno ao lar,

κάμψαι διαύλου θάτερον κῶλον πάλιν·
θεοῖς δ' ἀναμπλάκητος εἰ μόλοι στρατός,   345
ἐγρηγορὸς τὸ πῆμα τῶν ὀλωλότων
γένοιτ' ἄν, εἰ πρόσπαια μὴ τύχοι κακά.
τοιαῦτά τοι γυναικὸς ἐξ ἐμοῦ κλύεις·
τὸ δ' εὖ κρατοίη μὴ διχορρόπως ἰδεῖν·
πολλῶν γὰρ ἐσθλῶν τὴν ὄνησιν εἱλόμην.   350

Χο. γύναι, κατ' ἄνδρα σώφρον' εὐφρόνως λέγεις·
ἐγὼ δ' ἀκούσας πιστά σου τεκμήρια
θεοὺς προσειπεῖν εὖ παρασκευάζομαι·
χάρις γὰρ οὐκ ἄτιμος εἴργασται πόνων.

dobrar no outro rumo a pista corrida.
Se viesse o exército sem ofensa aos Deuses, 345
poderia ser desperto o suplício dos mortos,
se não irrompessem repentinos males.
Tais pensamentos de mulher de mim ouves.
Prevaleça o bem inequívoco aos olhos,
pois preferi este gozo a muitos benefícios. 350

C. Mulher, falas prudente qual prudente homem.
Eu ouvi de ti confiáveis indícios
e estou pronto a orar piamente aos Deuses:
graça não sem valor se cumpriu por fadigas.

Χο. ὦ Ζεῦ βασιλεῦ καὶ Νὺξ φιλία   355
 μεγάλων κόσμων κτεάτειρα,
 ἥτ' ἐπὶ Τροίας πύργοις ἔβαλες
 στεγανὸν δίκτυον ὡς μήτε μέγαν
 μήτ' οὖν νεαρῶν τιν' ὑπερτελέσαι
 μέγα δουλείας   360
 γάγγαμον ἄτης παναλώτου·
 Δία τοι ξένιον μέγαν αἰδοῦμαι
 τὸν τάδε πράξαντ', ἐπ' Ἀλεξάνδρῳ
 τείνοντα πάλαι τόξον, ὅπως ἂν
 μήτε πρὸ καιροῦ μήθ' ὑπὲρ ἄστρων   365
 βέλος ἠλίθιον σκήψειεν

 Διὸς πλαγὰν ἔχουσιν εἰπεῖν,   Str.
 πάρεστιν τοῦτό γ' ἐξιχνεῦσαι·
 ἔπραξεν ὡς ἔκρανεν. οὐκ ἔφα τις
 θεοὺς βροτῶν ἀξιοῦσθαι μέλειν   370
 ὅσοις ἀθίκτων χάρις
 πατοῖθ'· ὁ δ' οὐκ εὐσεβής·
 πέφανται δ' ἔκγονος
 ἀτολμήτων ἀρὴ   375
 πνεόντων μεῖζον ἢ δικαίως,
 φλεόντων δωμάτων ὑπέρφευ,
 ὑπὲρ τὸ βέλτιστον· ἔστω δ' ἀπή-
  μαντον, ὥστ' ἀπαρκεῖν
 εὖ πραπίδων λαχόντι.   380
  οὐ γὰρ ἔστιν ἔπαλξις
  πλούτου πρὸς κόρον ἀνδρὶ
  λακτίσαντι μέγαν Δίκας
   βωμὸν εἰς ἀφάνειαν.

PRIMEIRO ESTÁSIMO

C. Ó Zeus rei e Noite amiga 355
senhora de grandes adornos
que lançaste nas torres de Tróia
rede a cobri-las, de modo a
nem grande nem pequeno superar
a grande tarrafa do cativeiro 360
de Erronia prisão de todos.
Reverencio o grande Zeus Hóspede
autor disto ao estender o arco
outrora contra Alexandre para que
nem antes da mira nem além dos astros 365
atingisse inútil arremesso.

Do golpe de Zeus podem falar, EST. 1
disto há vestígios: ele cumpriu
seu próprio decreto. Ímpio é quem diz
que os Deuses desprezem cuidar 370
de quantos mortais pisoteiem
a graça do intocável.
A ruína se mostra
filha do temerário 375
por anelos maiores que o justo,
por arderem palácios em excessos
além do que é o melhor.
Incólume seja, a contento
de quem logrou bom senso: 380
o homem não tem abrigo
ante o viço da opulência
se força o grande altar
de Justiça à desaparição.

βιᾶται δ' ἁ τάλαινα Πειθώ, Ant.
προβούλου παῖς ἄφερτος Ἄτας· 386
ἄκος δὲ πᾶν μάταιον· οὐκ ἐκρύφθη,
πρέπει δέ, φῶς αἰνολαμπές, σίνος·
κακοῦ δὲ χαλκοῦ τρόπον 390
τρίβῳ τε καὶ προσβολαῖς
μελαμπαγὴς πέλει
δικαιωθείς, ἐπεὶ
διώκει παῖς ποτανὸν ὄρνιν,
πόλει πρόστριμμα θεὶς ἄφερτον· 395
λιτᾶν δ' ἀκούει μὲν οὔτις θεῶν,
 τὸν δ' ἐπίστροφον τῶν
φῶτ' ἄδικον καθαιρεῖ.
 οἷος καὶ Πάρις ἐλθὼν
 ἐς δόμον τὸν Ἀτρειδᾶν 400
 ᾔσχυνε ξενίαν τράπε-
  ζαν κλοπαῖσι γυναικός.

λιποῦσα δ' ἀστοῖσιν ἀσπίστορας Str.
κλόνους λοχισμούς τε καὶ
 ναυβάτας ὁπλισμούς, 405
ἄγουσά τ' ἀντίφερνον Ἰλίῳ φθοράν,
βεβάκει ῥίμφα διὰ
 πυλᾶν ἄτλητα τλᾶσα· πολλὰ δ' ἔστενον
τόδ' ἐννέποντες δόμων προφῆται·
' ἰὼ ἰὼ δῶμα δῶμα καὶ πρόμοι, 410
ἰὼ λέχος καὶ στίβοι φιλάνορες·
πάρεστι †σιγᾶς ἄτιμος ἀλοίδορος
 ἄδιστος ἀφεμένων† ἰδεῖν·
πόθῳ δ' ὑπερποντίας
φάσμα δόξει δόμων ἀνάσσειν· 415
 εὐμόρφων δὲ κολοσσῶν
 ἔχθεται χάρις ἀνδρί·
 ὀμμάτων δ' ἐν ἀχηνίαις
  ἔρρει πᾶσ' Ἀφροδίτα·

Violenta é a audaz Persuasão,   ANT. 1
cria intolerável da conselheira Erronia.   386
Todo remédio é inútil, não se oculta,
com terrível esplendor brilha o mal:
à maneira do bronze vil   390
pelo atrito e pelo impacto
ele pega cor escura,
feita a justiça, quando
criança persegue alado pássaro
com intolerável aflição para o país.   395
Deus nenhum lhe ouve a prece
e um deles arrebata o perverso
homem sem justiça.
Assim também Páris
no palácio dos Atridas   400
aviltou mesa hóspeda
com rapto de mulher.

Ela deixou aos da cidade   EST. 2
tumulto de escudo e de lanças
e armamentos navais   405
e em vez de dote levou ruína a Ílion,
atravessou veloz as portas
por ousar o não ousado. Pranteavam
os intérpretes do palácio ao dizer:
"*Ió ió* palácio, palácio e príncipes!   410
"*Ió* leito e passos por amor do marido!
"Eis silente sem honra nem invectiva
"o mais doce de ver dos abandonados.
"Por desejo de mulher além-mar
"espectro parecerá senhor do palácio.   415
"Nas belas formas de estátuas
"a graça é odiosa ao marido,
"na vacuidade do olhar
"esvai-se toda Afrodite.

ὀνειρόφαντοι δὲ πενθήμονες   Ant.
πάρεισι δόξαι φέρου-   421
  σαι χάριν ματαίαν·
μάταν γάρ, εὖτ' ἂν ἐσθλά τις δοκῶν ὁρᾶν,
παραλλάξασα διὰ
χερῶν βέβακεν ὄψις, οὐ μεθύστερον   425
πτεροῖς ὀπαδοῦσ' ὕπνου κελεύθοις.'
τὰ μὲν κατ' οἴκους ἐφ' ἑστίας ἄχη
τάδ' ἐστί, καὶ τῶνδ' ὑπερβατώτερα·
τὸ πᾶν δ' ἀφ' Ἕλλανος αἴας συνορμένοισι πέν-
  θεια τλησικάρδιος   430
δόμῳ 'ν ἑκάστου πρέπει·
πολλὰ γοῦν θιγγάνει πρὸς ἧπαρ·
  οὓς μὲν γάρ ⟨τις⟩ ἔπεμψεν
  οἶδεν, ἀντὶ δὲ φωτῶν
  τεύχη καὶ σποδὸς εἰς ἑκά-   435
    στου δόμους ἀφικνεῖται.

ὁ χρυσαμοιβὸς δ' Ἄρης σωμάτων   Str.
καὶ ταλαντοῦχος ἐν μάχῃ δορὸς
πυρωθὲν ἐξ Ἰλίου   440
φίλοισι πέμπει βαρὺ
ψῆγμα δυσδάκρυτον ἀν-
  τήνορος σποδοῦ γεμί-
  ζων λέβητας εὐθέτου.
στένουσι δ' εὖ λέγοντες ἄν-   445
  δρα τὸν μὲν ὡς μάχης ἴδρις,
τὸν δ' ἐν φοναῖς καλῶς πεσόντ'
  ἀλλοτρίας διαὶ γυναι-
  κός. τάδε σῖγά τις βαΰ-
ζει· φθονερὸν δ' ὑπ' ἄλγος ἕρ-   450
πει προδίκοις Ἀτρείδαις.
οἱ δ' αὐτοῦ περὶ τεῖχος
θήκας Ἰλιάδος γᾶς
εὔμορφοι κατέχουσιν· ἐχ-
  θρὰ δ' ἔχοντας ἔκρυψεν.   455

"Surgidas em sonho dolorosas   ANT. 2
"apresentam-se aparências   421
"trazendo graça frustrânea:
"frustrânea, quando se crê bem ver,
"através dos braços escapa
"e vai-se a visão sem mais   425
"seguindo alados caminhos de sono."
No palácio o luto junto ao lar
aí está e vai ainda além disso:
por quem partiu de terra grega
toda a dor tolerável   430
em cada casa brilha,
muitas atingem o fígado,
pois quem os enviou sabe
e em vez de homens
armas e cinzas chegam   435
à casa de cada um.

Ares, que cambia corpos por ouro   EST. 3
e tem a balança na batalha de lança,
após cremar, de Ílion   440
remete aos parentes
pesado pó de árduo pranto,
repletas urnas de cinzas
recolhidas em vez de homens.
Pranteiam ao louvar o guerreiro: 445
"mestre de guerra,
"nobre na morte
"por alheia mulher."
Assim velada voz sussurra,
recusadora dor se esgueira   450
contra justiceiros Atridas.
Outros lá perto da muralha
intactos têm tumba em Ílion,
mas inimiga terra cobriu
aqueles que a ocupam.   455

βαρεῖα δ' ἀστῶν φάτις σὺν κότω·   Ant.
δημοκράντου δ' ἀρᾶς τίνει χρέος·
  μένει δ' ἀκοῦσαί τί μοι
  μέριμνα νυκτηρεφές·   460
  τῶν πολυκτόνων γὰρ οὐκ
  ἄσκοποι θεοί· κελαι-
  ναὶ δ' Ἐρινύες χρόνῳ
τυχηρὸν ὄντ' ἄνευ δίκας
  παλιντυχεῖ τριβᾷ βίου   465
τιθεῖσ' ἀμαυρόν, ἐν δ' ἀΐ-
  στοις τελέθοντος οὔτις ἀλ-
  κά· τὸ δ' ὑπερκόπως κλύειν
εὖ βαρύ· βάλλεται γὰρ †ὄσ-
  σοις† Διόθεν κεραυνός.   470
κρίνω δ' ἄφθονον ὄλβον·
μήτ' εἴην πτολιπόρθης,
μήτ' οὖν αὐτὸς ἁλοὺς ὑπ' ἄλ-
  λῳ βίον κατίδοιμι.

— πυρὸς δ' ὑπ' εὐαγγέλου   475
  πόλιν διήκει θοὰ
  βάξις· εἰ δ' ἐτήτυμος,
τίς οἶδεν; ἤ τι θεῖόν ἐστιν πῇ ψύθος;
— τίς ὧδε παιδνὸς ἢ φρενῶν κεκομμένος,
  φλογὸς παραγγέλμασιν   480
νέοις πυρωθέντα καρδίαν ἔπειτ'
  ἀλλαγᾷ λόγου καμεῖν;
— γυναικὸς αἰχμᾷ πρέπει
πρὸ τοῦ φανέντος χάριν ξυναινέσαι·
πιθανὸς ἄγαν ὁ θῆλυς ὅρος ἐπινέμεται   485
  ταχύπορος· ἀλλὰ ταχύμορον
  γυναικογήρυτον ὄλλυται κλέος.

Grave é palavra de cidadãos irada   ANT. 3
e cumpre o devido à imprecação pública.
Uma angústia em mim persiste
de ouvir algo recoberto por noite: 460
Deuses não são sem vigilância
dos matadores de multidão,
negras Erínies a seu tempo
cegam afortunados sem justiça
no fortuito revés da vida   465
e nas trevas não há recurso.
Grave é o grande alarde
de glória. O raio de Zeus
golpeia o palácio.   470
Distingo riqueza sem recusa:
nem conquiste eu fortaleza,
nem prisioneiro alheio
contemple a vida.

Por bom mensageiro fogo   EPODO
percorre a cidade célere   476
voz: se verdadeira
quem sabe? Ou é mentira de Deus?
Quem é tão pueril ou aturdido
que incendeie seu coração   480
ao novo anúncio de chama
e sucumba depois, alterada a palavra?
Convém ao mando de mulher
aquiescer à graça antes de ver.
Crédulo demais o gênero feminino vai   485
a rápido passo; mas, com rápido fim,
cantada por mulher, perece a glória.

Χο. τάχ' εἰσόμεσθα λαμπάδων φαεσφόρων
 φρυκτωριῶν τε καὶ πυρὸς παραλλαγάς, 490
 εἴτ' οὖν ἀληθεῖς εἴτ' ὀνειράτων δίκην
 τερπνὸν τόδ' ἐλθὸν φῶς ἐφήλωσεν φρένας·
 κήρυκ' ἀπ' ἀκτῆς τόνδ' ὁρῶ κατάσκιον
 κλάδοις ἐλαίας· μαρτυρεῖ δέ μοι κάσις
 πηλοῦ ξύνουρος διψία κόνις τάδε, 495
 ὡς οὔτ' ἄναυδος οὔτε σοι δαίων φλόγα
 ὕλης ὀρείας σημανεῖ καπνῷ πυρός·
 ἀλλ' ἢ τὸ χαίρειν μᾶλλον ἐκβάξει λέγων,
 τὸν ἀντίον δὲ τοῖσδ' ἀποστέργω λόγον·
 εὖ γὰρ πρὸς εὖ φανεῖσι προσθήκη πέλοι. 500
 ὅστις τάδ' ἄλλως τῇδ' ἐπεύχεται πόλει,
 αὐτὸς φρενῶν καρποῖτο τὴν ἁμαρτίαν.
ΚΗΡΥΞ
 ἰὼ πατρῷον οὖδας Ἀργείας χθονός,
 δεκάτου σε φέγγει τῷδ' ἀφικόμην ἔτους,
 πολλῶν ῥαγεισῶν ἐλπίδων μιᾶς τυχών· 505
 οὐ γάρ ποτ' ηὔχουν τῇδ' ἐν Ἀργείᾳ χθονὶ
 θανὼν μεθέξειν φιλτάτου τάφου μέρος.
 νῦν χαῖρε μὲν χθών, χαῖρε δ' ἡλίου φάος,
 ὕπατός τε χώρας Ζεύς, ὁ Πύθιός τ' ἄναξ,
 τόξοις ἰάπτων μηκέτ' εἰς ἡμᾶς βέλη· 510
 ἅλις παρὰ Σκάμανδρον ἦσθ' ἀνάρσιος·
 νῦν δ' αὖτε σωτὴρ ἴσθι καὶ παιώνιος,
 ἄναξ Ἄπολλον· τούς τ' ἀγωνίους θεούς
 πάντας προσαυδῶ, τόν τ' ἐμὸν τιμάορον
 Ἑρμῆν, φίλον κήρυκα, κηρύκων σέβας, 515
 ἥρως τε τοὺς πέμψαντας, εὐμενεῖς πάλιν
 στρατὸν δέχεσθαι τὸν λελειμμένον δορός.
 ἰὼ μέλαθρα βασιλέων, φίλαι στέγαι,

SEGUNDO EPISÓDIO

C. Logo saberemos se o fulgor dos lampejos
luminosos e as transmissões do fogo 490
são verazes ou se à maneira dos sonhos
esta luz veio alegre e iludiu o espírito.
Vejo vindo da praia este arauto coberto
com ramos de oliva, e o vizinho irmão
da lama, o árido pó, testemunha-me 495
que nem mudo nem incendiando lenha
na montanha indicará com o fumo de fogo,
mas com a fala dirá mais que o aceno.
Desagrada-me palavra contrária a esta:
feliz seja o acréscimo a felizes sinais! 500
Quem nisto faz outros votos ao país
colha ele mesmo o desatino do espírito.

Ar. *Ió*, solo ancestral da terra argiva,
nesta luz do ano décimo retornei a ti,
perdidas muitas esperanças, logrei uma, 505
pois nunca supus que nesta terra argiva
morto teria parte no túmulo dos meus.
Agora, salve, terra, salve, luz do Sol,
Zeus, o senhor da região, e o Rei pítio,
com o arco não nos lances mais flechas, 510
junto ao Escamandro foste adverso demais,
agora, porém, sê-nos salvador e médico,
Rei Apolo. Interpelo a todos os Deuses
conjuntos, ao meu patrono Hermes,
querido arauto, pelos arautos venerado, 515
e aos heróis emissores, benévolos de novo
recebei o exército preservado da lança.
Ió, palácio dos reis, domicílio querido,

σεμνοί τε θᾶκοι, δαίμονές τ' ἀντήλιοι,
εἴ που πάλαι, φαιδροῖσι τοισίδ' ὄμμασιν 520
δέξασθε κόσμῳ βασιλέα πολλῷ χρόνῳ·
ἥκει γὰρ ὑμῖν φῶς ἐν εὐφρόνῃ φέρων
καὶ τοῖσδ' ἅπασι κοινὸν Ἀγαμέμνων ἄναξ.
ἀλλ' εὖ νιν ἀσπάσασθε, καὶ γὰρ οὖν πρέπει,
Τροίαν κατασκάψαντα τοῦ δικηφόρου 525
Διὸς μακέλλῃ, τῇ κατείργασται πέδον·
βωμοὶ δ' ἄιστοι καὶ θεῶν ἱδρύματα,
καὶ σπέρμα πάσης ἐξαπόλλυται χθονός.
τοιόνδε Τροίᾳ περιβαλὼν ζευκτήριον
ἄναξ Ἀτρείδης πρέσβυς εὐδαίμων ἀνήρ 530
ἥκει, τίεσθαι δ' ἀξιώτατος βροτῶν
τῶν νῦν· Πάρις γὰρ οὔτε συντελὴς πόλις
ἐξεύχεται τὸ δρᾶμα τοῦ πάθους πλέον·
ὀφλὼν γὰρ ἁρπαγῆς τε καὶ κλοπῆς δίκην
τοῦ ῥυσίου θ' ἥμαρτε καὶ πανώλεθρον 535
αὐτόχθονον πατρῷον ἔθρισεν δόμον·
διπλᾶ δ' ἔτεισαν Πριαμίδαι θἀμάρτια.

Χο. κῆρυξ Ἀχαιῶν χαῖρε τῶν ἀπὸ στρατοῦ.

Κη. χαίρω, ⟨τὸ⟩ τεθνάναι δ' οὐκέτ' ἀντερῶ θεοῖς.

Χο. ἔρως πατρῴας τῆσδε γῆς σ' ἐγύμνασεν; 540

Κη. ὥστ' ἐνδακρύειν γ' ὄμμασιν χαρᾶς ὕπο.

Χο. τερπνῆς ἄρ' ἦστε τῆσδ' ἐπήβολοι νόσου.

Κη. πῶς δή; διδαχθεὶς τοῦδε δεσπόσω λόγου.
Χο. τῶν ἀντερώντων ἱμέρῳ πεπληγμένοι.

Κη. ποθεῖν ποθοῦντα τήνδε γῆν στρατὸν λέγεις; 545

Χο. ὡς πόλλ' ἀμαυρᾶς ἐκ φρενός ⟨μ'⟩ ἀναστένειν.

augustas sedes, Numes defronte do Sol,
como outrora, com esses claros olhos, 520
recebei em ordem o rei, passado tempo,
pois vem trazendo-vos luz dentro da noite
e a todos esses luz comum, Rei Agamêmnon.
Eia, bem o saudai, pois assim convém,
ele revolveu Tróia com a enxada de Zeus 525
portador de justiça, lavrado está o solo.
Altares desaparecidos e estátuas de Deuses,
e semente da terra toda está perecendo:
lançou tal jugo ao redor de Tróia
o rei Atrida sênior e com bons Numes 530
vem. Honrai o mais digno dos mortais
de hoje. Nem Páris nem o consorciado país
alardeiam feito maior que o sofrido,
pois condenado por rapina e furto
perdeu sua presa e colheu devastados 535
o palácio ancestral e a terra mesma:
os Priamidas tiveram duplo castigo.

C. Alegra-te, arauto do exército aqueu.

Ar. Alegro-me e a morte aceito aos Deuses.

C. O amor desta pátria terra te afligiu? 540

Ar. A ter nos olhos lágrimas de alegria.

C. A doce doença daqui vos atingiu?

Ar. Como? Instrui e dominarei o que falas.
C. Bateu-vos desejo dos que vos amavam?

Ar. Dizes a terra saudosa da saudosa tropa? 545

C. A prantear sempre, turvo o espírito.

Κη. πόθεν τὸ δύσφρον τοῦτ' ἐπῆν στύγος στρατοῦ;

Χο. πάλαι τὸ σιγᾶν φάρμακον βλάβης ἔχω.

Κη. καί πῶς; ἀπόντων κοιράνων ἔτρεις τινάς;

Χο. ὡς νῦν, τὸ σὸν δή, καὶ θανεῖν πολλὴ χάρις. 550

Κη. εὖ γὰρ πέπρακται· ταῦτα δ' ἐν πολλῷ χρόνῳ
τὰ μέν τις ἂν λέξειεν εὐπετῶς ἔχειν,
τὰ δ' αὖτε κἀπίμομφα· τίς δὲ πλὴν θεῶν
ἅπαντ' ἀπήμων τὸν δι' αἰῶνος χρόνον;
μόχθους γὰρ εἰ λέγοιμι καὶ δυσαυλίας, 555
σπαρνὰς παρήξεις καὶ κακοστρώτους, τί δ' οὐ
στένοντες, οὐ λαχόντες ἤματος μέρος;
τὰ δ' αὖτε χέρσῳ καὶ προσῆν πλέον στύγος·
εὐναὶ γὰρ ἦσαν δαΐων πρὸς τείχεσιν,
ἐξ οὐρανοῦ δὲ κἀπὸ γῆς λειμώνιαι 560
δρόσοι κατεψάκαζον, ἔμπεδον σίνος,
ἐσθημάτων τιθέντες ἔνθηρον τρίχα.
χειμῶνα δ' εἰ λέγοι τις οἰωνοκτόνον,
οἷον παρεῖχ' ἄφερτον Ἰδαία χιών,
ἢ θάλπος, εὖτε πόντος ἐν μεσημβριναῖς 565
κοίταις ἀκύμων νηνέμοις εὕδοι πεσών·
τί ταῦτα πενθεῖν δεῖ; παροίχεται πόνος·
παροίχεται δέ, τοῖσι μὲν τεθνηκόσιν
τὸ μήποτ' αὖθις μηδ' ἀναστῆναι μέλειν· 569
ἡμῖν δὲ τοῖς λοιποῖσιν Ἀργείων στρατοῦ 573
νικᾷ τὸ κέρδος, πῆμα δ' οὐκ ἀντιρρέπει· 574
τί τοὺς ἀναλωθέντας ἐν ψήφῳ λέγειν, 570
τὸν ζῶντα δ' ἀλγεῖν χρὴ τύχης παλιγκότου;
καὶ πολλὰ χαίρειν συμφοραῖς καταξιῶ, 572
ὡς κομπάσαι τῷδ' εἰκὸς ἡλίου φάει 575
ὑπὲρ θαλάσσης καὶ χθονὸς ποτωμένοις·
' Τροίαν ἑλόντες δή ποτ' Ἀργείων στόλος
θεοῖς λάφυρα ταῦτα τοῖς καθ' Ἑλλάδα

Ar. Donde esse triste horror atou-se à tropa?

C.   Há muito tenho o calar por remédio do mal.

Ar. Como? Ausentes os reis, temias alguém?

C.   A ser, disseste, grande graça a morte agora.   550

Ar. Está bem feito. Em um longo tempo,
     umas coisas se diriam bons lances,
     outras, repreensíveis. Quem senão Deuses
     fica incólume todo o tempo de vida?
     Se eu contasse as fadigas e desconforto,   555
     estreito convés e áspero leito, o que
     sem gemer nem acolher a cota do dia?
     Já em terra firme, ainda mais horror:
     repouso era junto a muros de inimigos,
     do céu e da terra pingavam no prado   560
     gotas de orvalho, contínuo estrago,
     pondo bicho na penugem das vestes.
     Se falassem do inverno, mortal às aves,
     intolerável, que a neve no Ida trazia,
     ou o verão, quando o mar ao meio-dia   565
     sem onda nem vento dormia aquietado...
     Por que pranteá-lo? Pretéritos males,
     pretéritos, de modo a nem importar
     aos mortos nunca mais ressurgir,   569
     e para nós, o resto do exército argivo,   [570]573
     o ganho prevalece, dor não contrapesa.   574
     Por que fazer a contagem dos mortos   570
     e condoer-se o vivo da sorte adversa?   [571]
     Estimo amplo regozijo ante os fatos   572
     já que nos convém a esta luz do sol   575
     sobrevoar mar e terra e alardear:
     "Vencedor de Tróia, o exército argivo
     "aos Deuses fixou nos templos gregos

δόμοις ἐπασσάλευσαν ἀρχαῖον γάνος.'
τοιαῦτα χρὴ κλύοντας εὐλογεῖν πόλιν 580
καὶ τοὺς στρατηγούς· καὶ χάρις τιμήσεται
Διὸς τάδ' ἐκπράξασα. πάντ' ἔχεις λόγον.

Χο. νικώμενος λόγοισιν οὐκ ἀναίνομαι·
ἀεὶ γὰρ ἡβᾷ τοῖς γέρουσιν εὐμαθεῖν·
δόμοις δὲ ταῦτα καὶ Κλυταιμήστρᾳ μέλειν 585
εἰκὸς μάλιστα, σὺν δὲ πλουτίζειν ἐμέ.

Κλ. ἀνωλόλυξα μὲν πάλαι χαρᾶς ὕπο,
ὅτ' ἦλθ' ὁ πρῶτος νύχιος ἄγγελος πυρός,
φράζων ἅλωσιν Ἰλίου τ' ἀνάστασιν·
καί τίς μ' ἐνίπτων εἶπε· ' φρυκτωρῶν διά 590
πεισθεῖσα Τροίαν νῦν πεπορθῆσθαι δοκεῖς;
ἦ κάρτα πρὸς γυναικὸς αἴρεσθαι κέαρ.'
λόγοις τοιούτοις πλαγκτὸς οὖσ' ἐφαινόμην·
ὅμως δ' ἔθυον, καὶ γυναικείῳ νόμῳ
ὀλολυγμὸν ἄλλος ἄλλοθεν κατὰ πτόλιν 595
ἔλασκον εὐφημοῦντες, ἐν θεῶν ἕδραις
θυηφάγον κοιμῶντες εὐώδη φλόγα.
καὶ νῦν τὰ μάσσω μὲν τί δεῖ σ' ἐμοὶ λέγειν;
ἄνακτος αὐτοῦ πάντα πεύσομαι λόγον·
ὅπως δ' ἄριστα τὸν ἐμὸν αἰδοῖον πόσιν 600
σπεύσω πάλιν μολόντα δέξασθαι· τί γὰρ
γυναικὶ τούτου φέγγος ἥδιον δρακεῖν,
ἀπὸ στρατείας ἄνδρα σώσαντος θεοῦ
πύλας ἀνοῖξαι; ταῦτ' ἀπάγγειλον πόσει·
ἥκειν ὅπως τάχιστ' ἐράσμιον πόλει· 605
γυναῖκα πιστὴν δ' ἐν δόμοις εὕροι μολών
οἵανπερ οὖν ἔλειπε, δωμάτων κύνα
ἐσθλὴν ἐκείνῳ, πολεμίαν τοῖς δύσφροσιν,
καὶ τἆλλ' ὁμοίαν πάντα, σημαντήριον
οὐδὲν διαφθείρασαν ἐν μήκει χρόνου· 610
οὐδ' οἶδα τέρψιν οὐδ' ἐπίψογον φάτιν
ἄλλου πρὸς ἀνδρὸς μᾶλλον ἢ χαλκοῦ βαφάς.

"estes espólios, prístino esplendor."
Quem ouve isto deve louvar o país 580
e os chefes militares, e a graça de Zeus
autora disto se honrará. Tenho dito.

C. Não me vexa ser vencido por palavras,
é sempre jovem nos velhos o bom aprendiz.
Convém mais Clitemnestra e o palácio 585
cuidem disto e com eles enriqueça-me.

Cl. Alarideei outrora de alegria ao vir
o primeiro noturno emissário do fogo
anunciando a queda e captura de Ílion
e alguém me repreendeu: "por luzeiros 590
"persuadida crês agora devastada Tróia?
"É muito de mulher exaltar o coração."
A tais palavras eu parecia aturdida,
mas sacrificava, e à maneira de mulher
cada um de um lado na cidade lançava 595
o alarido álacre, nas sedes dos Deuses
deitando cheirosa chama voraz de incenso.
E agora o mais por que deves dizer-me?
Do rei mesmo saberei a palavra toda.
Apresso-me a receber o mais bem 600
o meu venerando marido ao regressar.
Para a mulher que luz mais doce de ver
que abrir portas, salvo o homem por Deus,
salvo da guerra? Anuncia ao marido:
vir o mais rápido o amor do país, 605
e vindo veja no palácio fiel mulher
tal qual deixou, cão do palácio,
leal a ele, inimiga dos desafetos,
e no mais a mesma, sem ter rompido
selo nenhum ao longo do tempo. 610
Não conheço prazer ou infame fala
com outro, mais que banho de bronze.

τοιόσδ' ὁ κόμπος, τῆς ἀληθείας γέμων,
οὐκ αἰσχρὸς ὡς γυναικὶ γενναίᾳ λακεῖν.

Χο. αὕτη μὲν οὕτως εἶπε μανθάνοντί σοι, 615
τοροῖσιν ἑρμηνεῦσιν εὐπρεπῶς λόγον·
σὺ δ' εἰπέ, κῆρυξ, Μενέλεων δὲ πεύθομαι,
εἰ νόστιμός τε καὶ σεσωμένος πάλιν
ἥκει σὺν ὑμῖν, τῆσδε γῆς φίλον κράτος.

Κη. οὐκ ἔσθ' ὅπως λέξαιμι τὰ ψευδῆ καλά 620
ἐς τὸν πολὺν φίλοισι καρποῦσθαι χρόνον.

Χο. πῶς δῆτ' ἂν εἰπὼν κεδνὰ τἀληθῆ τύχοις;
σχισθέντα δ' οὐκ εὔκρυπτα γίγνεται τάδε.
Κη. ἀνὴρ ἄφαντος ἐξ Ἀχαϊκοῦ στρατοῦ,
αὐτός τε καὶ τὸ πλοῖον· οὐ ψευδῆ λέγω. 625

Χο. πότερον ἀναχθεὶς ἐμφανῶς ἐξ Ἰλίου,
ἢ χεῖμα, κοινὸν ἄχθος, ἥρπασε στρατοῦ;

Κη. ἔκυρσας ὥστε τοξότης ἄκρος σκοποῦ·
μακρὸν δὲ πῆμα συντόμως ἐφημίσω.

Χο. πότερα γὰρ αὐτοῦ ζῶντος ἢ τεθνηκότος 630
φάτις πρὸς ἄλλων ναυτίλων ἐκλῄζετο;

Κη. οὐκ οἶδεν οὐδεὶς ὥστ' ἀπαγγεῖλαι τορῶς,
πλὴν τοῦ τρέφοντος Ἡλίου χθονὸς φύσιν·

Χο. πῶς γὰρ λέγεις χειμῶνα ναυτικῷ στρατῷ
ἐλθεῖν τελευτῆσαί τε δαιμόνων κότῳ; 635

Κη. εὔφημον ἦμαρ οὐ πρέπει κακαγγέλῳ
γλώσσῃ μιαίνειν· χωρὶς ἡ τιμὴ θεῶν·
ὅταν δ' ἀπευκτὰ πήματ' ἄγγελος πόλει
στυγνῷ προσώπῳ πτωσίμον στρατοῦ φέρῃ,

Tal é o alarde: cheio de verdade,
não é feio a uma nobre proclamar.

C. Ela assim falou transparente palavra 615
se por claros intérpretes a entendes.
Diz tu, ó arauto, e indago de Menelau,
se ele, tendo regressado, salvo outra vez,
vem convosco, rei querido desta terra.

Ar. Não há como diria belas mentiras 620
aos meus, frutuosas por longo tempo.

C. Como dirias o bom e o verdadeiro?
Cindidos, eles não são de se ocultar.
Ar. O homem desapareceu da tropa aquéia,
ele mesmo e o navio; não digo mentira. 625

C. Partiu às claras de Ílion , ou procelas
ruinosas a todos roubou-o da tropa?

Ar. Arqueiro supremo, atingiste o alvo.
Longa aflição puseste em breve palavra.

C. O rumor dos outros marinheiros 630
dele dizia estar vivo ou morto?

Ar. Ninguém sabe que o anuncie claro,
só o Sol criador da natureza do chão.

C. Como dizes? Procela veio à esquadra
e deu-lhe fim, pelo rancor dos Numes? 635

Ar. Fausto dia conspurcar com más notícias
não convém, a cada Deus a sua honra.
Quando um mensageiro com rosto triste
traz ao país dor nefanda por tropa caída,

πόλει μὲν ἕλκος ἓν τὸ δήμιον τυχεῖν, 640
πολλοὺς δὲ πολλῶν ἐξαγισθέντας δόμων
ἄνδρας διπλῇ μάστιγι, τὴν Ἄρης φιλεῖ,
δίλογχον ἄτην, φοινίαν ξυνωρίδα·
τοιῶνδε μέντοι πημάτων σεσαγμένον
πρέπει λέγειν παιᾶνα τόνδ' Ἐρινύων· 645
σωτηρίων δὲ πραγμάτων εὐάγγελον
ἥκοντα πρὸς χαίρουσαν εὐεστοῖ πόλιν,
πῶς κεδνὰ τοῖς κακοῖσι συμμείξω, λέγων
χειμῶν' †Ἀχαιῶν οὐκ ἀμήνιτον θεοῖς†;
ξυνώμοσαν γάρ, ὄντες ἔχθιστοι τὸ πρίν, 650
πῦρ καὶ θάλασσα, καὶ τὰ πίστ' ἐδειξάτην
φθείροντε τὸν δύστηνον Ἀργείων στρατόν.
ἐν νυκτὶ δυσκύμαντα δ' ὠρώρει κακά·
ναῦς γὰρ πρὸς ἀλλήλησι Θρήικιαι πνοαί
ἤρεικον· αἱ δὲ κεροτυπούμεναι βίᾳ 655
χειμῶνι τυφῶ σὺν ζάλῃ τ' ὀμβροκτύπῳ,
ᾤχοντ' ἄφαντοι, ποιμένος κακοῦ στρόβῳ.
ἐπεὶ δ' ἀνῆλθε λαμπρὸν ἡλίου φάος,
ὁρῶμεν ἀνθοῦν πέλαγος Αἰγαῖον νεκροῖς
ἀνδρῶν Ἀχαιῶν ναυτικοῖς τ' ἐρειπίοις· 660
ἡμᾶς γε μὲν δὴ ναῦν τ' ἀκήρατον σκάφος
ἤτοι τις ἐξέκλεψεν ἢ 'ξῃτήσατο,
θεός τις, οὐκ ἄνθρωπος, οἴακος θιγών·
Τύχη δὲ σωτὴρ ναῦν θέλουσ' ἐφέζετο,
ὡς μήτ' ἐν ὅρμῳ κύματος ζάλην ἔχειν 665
μήτ' ἐξοκεῖλαι πρὸς κραταίλεων χθόνα.
ἔπειτα δ' ᾅδην πόντιον πεφευγότες,
λευκὸν κατ' ἦμαρ, οὐ πεποιθότες τύχῃ,
ἐβουκολοῦμεν φροντίσιν νέον πάθος
στρατοῦ καμόντος καὶ κακῶς σποδουμένου. 670
καὶ νῦν ἐκείνων εἴ τις ἐστὶν ἐμπνέων,
λέγουσιν ἡμᾶς ὡς ὀλωλότας, τί μήν;
ἡμεῖς τ' ἐκείνους ταὔτ' ἔχειν δοξάζομεν.
γένοιτο δ' ὡς ἄριστα. Μενέλεων γὰρ οὖν
πρῶτόν τε καὶ μάλιστα προσδόκα μολεῖν· 675

uma só úlcera pública atingiu o país, 640
muitos homens expulsos de muitos lares
pelo dúplice açoite que Ares ama,
bigúmea erronia, sangrenta parelha;
quando oprimido por tais dores
convém dizer este peã das Erínies. 645
Quando o bom mensageiro da salvação
vem a jubiloso e próspero país,
como ligar bens aos males falando
de procela por ira divina contra aqueus?
Conjuraram, sendo antes inimigos, 650
fogo e mar, e mostraram o pacto
destruindo a mísera esquadra argiva.
À noite saltaram tormentórios males.
Ventos trácios destroçaram navios
uns contra outros, cornos contra cornos 655
com procela túrbida e pesadas bátegas
desapareceram no vórtice de mau pastor.
Ao ressurgir brilhante luz do Sol
vemos florir o mar Egeu com cadáveres
de aqueus e com restos de naufrágios. 660
Nós mesmos e o navio com intacto casco,
ou furtaram-nos ou pediram por nós,
um Deus, não homem, tomando o leme:
Sorte salvadora quis sentar-se no navio
para não ter bátegas de onda ancorado 665
nem encalhar por pedregosa terra.
Tendo evadido de Hades marítimo
num límpido dia, não fiados na sorte,
pastoreávamos aflitos a recente dor
da frota perdida e maligna ruína. 670
E agora se deles alguém está vivo
fala de nós como de mortos, não é?
Nós assim também os imaginamos.
Aconteça o melhor! Quanto a Menelau,
antes e sobretudo espera que venha. 675

εἰ δ' οὖν τις ἀκτὶς ἡλίου νιν ἱστορεῖ
καὶ ζῶντα καὶ βλέποντα, μηχαναῖς Διός
οὔπω θέλοντος ἐξαναλῶσαι γένος,
ἐλπίς τις αὐτὸν πρὸς δόμους ἥξειν πάλιν.
τοσαῦτ' ἀκούσας ἴσθι τἀληθῆ κλυών. 680

Se algum raio de Sol o contempla
vivendo e vendo a luz, por artes de Zeus
não ainda propenso a destruir a casa,
há esperança de regressar ao palácio.
Tanto ouviste e sabe: ouviste a verdade. 680

Χο. τίς ποτ' ὠνόμαζεν ὦδ' Str.
   ἐς τὸ πᾶν ἐτητύμως·
μή τις ὄντιν' οὐχ ὁρῶμεν προνοί-
   αισι τοῦ πεπρωμένου
γλῶσσαν ἐν τύχᾳ νέμων; 685
τὰν δορίγαμβρον ἀμφινει-
   κῆ θ' Ἑλέναν; ἐπεὶ πρεπόντως
ἑλένας, ἕλανδρος, ἑλέ-
   πτολις, ἐκ τῶν ἁβροπήνων 690
προκαλυμμάτων ἔπλευσεν
ζεφύρου γίγαντος αὔρᾳ,
πολύανδροί τε φεράσπιδες κυναγοὶ
   κατ' ἴχνος πλατᾶν ἄφαντον 695
κέλσαν, τὰς Σιμόεντος ἀ-
   κτὰς ἐπ' ἀεξιφύλλους
δι' Ἔριν αἱματόεσσαν.

Ἰλίῳ δὲ κῆδος ὀρ- Ant.
   θώνυμον τελεσσίφρων 700
Μῆνις ἤλασεν, τραπέζας ἀτί-
   μωσιν ὑστέρῳ χρόνῳ
καὶ ξυνεστίου Διὸς
πρασσομένα τὸ νυμφότι- 705
   μον μέλος ἐκφάτως τίοντας,
ὑμέναιον ὃς τότ' ἐπέρ-
   ρεπε γαμβροῖσιν ἀείδειν·
μεταμανθάνουσα δ' ὕμνον
Πριάμου πόλις γεραιὰ 710
πολύθρηνον μέγα που στένει, κικλήσκου-
   σα Πάριν τὸν αἰνόλεκτρον,
†παμπρόσθη πολύθρηνον

SEGUNDO ESTÁSIMO

C. Quem afinal deu nome   EST. 1
    em tudo tão verdadeiro
    (não o vemos a dirigir
    com previsão do destino
    a acertada língua)   685
    à belinubente e litiginosa
    Helena? Com nitidez
    é lesa-naus e lesa-varões
    e lesa-país. Navegou   690
    dos luxuosos envoltórios
    ao sopro do gigante Zéfiro;
    muitos varões escudados caçadores
    por invisível vestígio de remos   695
    aportaram nas praias
    frondosas do Simoente
    por sanguinolenta Rixa.

    Em Ílion, a executora Cólera   ANT. 1
    instigou com reto nome   700
    lutuosa aliança, ao cobrar
    tempo depois a desonra
    da mesa e de Zeus comensal
    aos gárrulos celebrantes   705
    da canção de esponsais,
    himeneu que os parentes
    se puseram a cantar.
    O antigo país de Príamo
    aprendeu depois um hino   710
    plangente e muito pranteia
    clamando Páris o pavoroso noivo.
    Plangente foi a vida,

αἰῶν' ἀμφὶ πολίταν† 715
μέλεον αἷμ' ἀνατλᾶσα.

ἔθρεψεν δὲ λέοντος ἶ- Str.
νιν δόμοις ἀγάλακτον οὔ-
τως ἀνὴρ φιλόμαστον,
ἐν βιότου προτελείοις 720
ἄμερον, εὐφιλόπαιδα
καὶ γεραροῖς ἐπίχαρτον·
πολέα δ' ἔσχ' ἐν ἀγκάλαις,
νεοτρόφου τέκνου δίκαν,
φαιδρωπὸς ποτὶ χεῖρα σαί- 725
νων τε γαστρὸς ἀνάγκαις.

χρονισθεὶς δ' ἀπέδειξεν ἦ- Ant.
θος τὸ πρὸς τοκέων· χάριν
γὰρ τροφεῦσιν ἀμείβων
μηλοφόνοισι ⟨σὺ⟩ν ἄταις 730
δαῖτ' ἀκέλευστος ἔτευξεν·
αἵματι δ' οἶκος ἐφύρθη,
ἄμαχον ἄλγος οἰκέταις,
μέγα σίνος πολύκτονον·
ἐκ θεοῦ δ' ἱερεύς τις Ἄ- 735
τας δόμοις προσεθρέφθη.

πάραυτα δ' ἐλθεῖν ἐς Ἰλίου πόλιν Str.
λέγοιμ' ἂν θρόνημα μὲν
νηνέμου γαλάνας, 740
ἀκασκαῖον ⟨δ'⟩ ἄγαλμα πλούτου,
μαλθακὸν ὀμμάτων βέλος,
δηξίθυμον ἔρωτος ἄνθος.
παρακλίνασ' ἐπέκρανεν
δὲ γάμου πικρὰς τελευτάς, 745
δύσεδρος καὶ δυσόμιλος
συμένα Πριαμίδαισιν,

assediados os cidadãos,   715
e sofreu mísero massacre.

Assim se criou em casa   EST. 2
um filho de leão sem a mãe
ainda lactente, mansueto
nas primícias da vida,   720
bom amigo das crianças,
prazeroso aos anciãos,
amiúde esteve nos braços
como filho recém-nutrido,
com olhos rútilos para as mãos   725
adulador coagido pelo ventre.

Com o tempo ele mostrou   ANT. 2
a índole de seus pais:
agradeceu aos criadores
com fúria contra ovelhas,   730
sem convite fez banquete
e ensangüentou a casa,
indômita dor dos donos,
grande dano de muitas mortes.
Por Deus sacerdote de Furor   735
a mais se criou em casa.

De início a viagem a Ílion   EST. 3
eu diria o pensamento
da calmaria sem vento,   740
sereno adorno da riqueza,
suave seta dos olhos,
feridora flor do desejo.
Por um desvio fez cumprir
o amargo termo das núpcias,   745
presença e convívio malignos
em assalto aos Priamidas,

πομπᾷ Διὸς ξενίου,
νυμφόκλαυτος Ἐρινύς. 749

παλαίφατος δ' ἐν βροτοῖς γέρων λόγος Ant.
τέτυκται, μέγαν τελε-
 σθέντα φωτὸς ὄλβον
τεκνοῦσθαι μηδ' ἄπαιδα θνῄσκειν.
ἐκ δ' ἀγαθᾶς τύχας γένει 755
βλαστάνειν ἀκόρεστον οἰζύν.
δίχα δ' ἄλλων μονόφρων εἰ-
 μί· τὸ δυσσεβὲς γὰρ ἔργον
μετὰ μὲν πλείονα τίκτει,
σφετέρᾳ δ' εἰκότα γέννᾳ· 760
οἴκων γὰρ εὐθυδίκων
καλλίπαις πότμος αἰεί.

φιλεῖ δὲ τίκτειν ὕβρις Str.
 μὲν παλαιὰ νεά-
 ζουσαν ἐν κακοῖς βροτῶν 765
ὕβριν τότ' ἢ τόθ', ὅτε τὸ κύ-
 ριον μόλῃ φάος τόκου,
δαίμονά τε τὰν ἄμαχον ἀπόλε-
 μον, ἀνίερον θράσος μελαί-
 νας μελάθροισιν ἄτας, 770
εἰδομένας τοκεῦσιν.

Δίκα δὲ λάμπει μὲν ἐν Ant.
 δυσκάπνοις δώμασιν,
 τὸν δ' ἐναίσιμον τίει [βίον]· 775
τὰ χρυσόπαστα δ' ἔδεθλα σὺν
 πίνῳ χερῶν παλιντρόποις
ὄμμασι λιποῦσ' ὅσια †προσέβα
 τοῦ†, δύναμιν οὐ σέβουσα πλούτου παράσημον αἴνῳ· 780
πᾶν δ' ἐπὶ τέρμα νωμᾷ.

emissária de Zeus Hóspede
pranteada por noivas: — Erínis. 749

Prístino entre mortais velho provérbio ANT. 3
diz: quando grande
a opulência humana
procria e não morre sem filho.
Da boa sorte, na família, 755
a insaciável miséria floresce.
Mas sem os outros a sós penso:
que o ato ímpio
depois se multiplica
símil à sua origem, 760
pois nas casas com reta justiça
belo filho é o quinhão sempre.

Soberbia antiga sói EST. 4
parir soberbia nova
entre os males dos mortais 765
cedo ou tarde, ao vir
o dia próprio do parto:
o Nume indômito invicto,
a ímpia audácia
da negra fúria no palácio 770
parecida com seus pais.

Justiça esplende ANT. 4
nas fúmidas moradas,
e honra a insigne vida. 775
Dos áureos assentos
onde há sórdidas mãos,
volta os olhos e vai aos puros,
sem venerar a força da riqueza
selada torto de louvor, 780
e dirige tudo ao termo.

ἄγε δή, βασιλεῦ, Τροίας πτολίπορθ',
Ἀτρέως γένεθλον,
πῶς σε προσείπω; πῶς σε σεβίξω, 785
μήθ' ὑπεράρας μήθ' ὑποκάμψας
καιρὸν χάριτος;
πολλοὶ δὲ βροτῶν τὸ δοκεῖν εἶναι
προτίουσι δίκην παραβάντες·
τῷ δυσπραγοῦντι δ' ἐπιστενάχειν 790
πᾶς τις ἑτοῖμος· δῆγμα δὲ λύπης
οὐδὲν ἐφ' ἧπαρ προσικνεῖται·
καὶ ξυγχαίρουσιν ὁμοιοπρεπεῖς
ἀγέλαστα πρόσωπα βιαζόμενοι

. . . .

ὅστις δ' ἀγαθὸς προβατογνώμων, 795
οὐκ ἔστι λαθεῖν ὄμματα φωτὸς
τὰ δοκοῦντ' εὔφρονος ἐκ διανοίας
ὑδαρεῖ σαίνειν φιλότητι.
σὺ δέ μοι τότε μὲν στέλλων στρατιὰν
Ἑλένης ἕνεκ', οὐκ ἐπικεύσω, 800
κάρτ' ἀπομούσως ἦσθα γεγραμμένος
οὐδ' εὖ πραπίδων οἴακα νέμων,
θράσος ἐκ θυσιῶν
ἀνδράσι θνήσκουσι κομίζων·
νῦν δ' οὐκ ἀπ' ἄκρας φρενὸς οὐδ' ἀφίλως 805
εὔφρων πόνον εὖ τελέσασιν ⟨ἐγώ⟩·
γνώσῃ δὲ χρόνῳ διαπευθόμενος
τόν τε δικαίως καὶ τὸν ἀκαίρως
πόλιν οἰκουροῦντα πολιτῶν.

ΑΓΑΜΕΜΝΩΝ
πρῶτον μὲν Ἄργος καὶ θεοὺς ἐγχωρίους 810
δίκη προσειπεῖν, τοὺς ἐμοὶ μεταιτίους

TERCEIRO EPISÓDIO

C. Eia, ó rei, devastador de Tróia,
progênie de Atreu,
como te saudar, como te venerar   785
não excedendo nem faltando
à medida do benefício?
Muitos preferem a aparência,
transgressores da justiça:
estão prontos a prantear   790
o infortúnio, mas a tristeza
nunca lhes morde o fígado.
Junto têm júbilos simulados
forçando os rostos sombrios
. . . .
Quem bem conhece a tropa   795
não tem como lhe escapar
que os de aparência benévola
adulam com aguada amizade.
Tu, ao enviares o exército
por Helena, não o ocultarei,   800
eras pintado por mim longe de Musas
a não bem dirigires o leme da mente,
ao levares após sacrifícios
audácia a homens moribundos.
Agora de todo o coração com amizade   805
sou grato a quem bem cumpriu a lida.
Conhecerás com o tempo inquirindo
o com justiça e o sem medida
dentre cidadãos assíduos na cidade.

Ag. Primeiro Argos e os Deuses regionais   810
é justo saudar, comigo são os causadores

νόστου δικαίων θ' ὧν ἐπραξάμην πόλιν
Πριάμου· δίκας γὰρ οὐκ ἀπὸ γλώσσης θεοί
κλυόντες ἀνδροθνῆτας Ἰλιοφθόρους
ἐς αἱματηρὸν τεῦχος οὐ διχορρόπως   815
ψήφους ἔθεντο· τῷ δ' ἐναντίῳ κύτει
ἐλπὶς προσῄει χειρὸς οὐ πληρουμένῳ.
καπνῷ δ' ἁλοῦσα νῦν ἔτ' εὔσημος πόλις·
ἄτης θύελλαι ζῶσι, δυσθνῄσκουσα δέ
σποδὸς προπέμπει πίονας πλούτου πνοάς.   820
τούτων θεοῖσι χρὴ πολύμνηστον χάριν
τίνειν, ἐπείπερ χἀρπαγὰς ὑπερκόπους
ἐπραξάμεσθα, καὶ γυναικὸς οὕνεκα
πόλιν διημάθυνεν Ἀργεῖον δάκος,
ἵππου νεοσσός, ἀσπιδηφόρος λεώς,   825
πήδημ' ὀρούσας ἀμφὶ Πλειάδων δύσιν·
ὑπερθορὼν δὲ πύργον ὠμηστὴς λέων
ἄδην ἔλειξεν αἵματος τυραννικοῦ.
θεοῖς μὲν ἐξέτεινα φροίμιον τόδε·
τὰ δ' ἐς τὸ σὸν φρόνημα, μέμνημαι κλυὼν   830
καὶ φημὶ ταὐτὰ καὶ συνήγορόν μ' ἔχεις·
παύροις γὰρ ἀνδρῶν ἐστι συγγενὲς τόδε,
φίλον τὸν εὐτυχοῦντ' ἄνευ φθόνων σέβειν·
δύσφρων γὰρ ἰὸς καρδίαν προσήμενος
ἄχθος διπλοΐζει τῷ πεπαμένῳ νόσον·   835
τοῖς τ' αὐτὸς αὑτοῦ πήμασιν βαρύνεται
καὶ τὸν θυραῖον ὄλβον εἰσορῶν στένει·
εἰδὼς λέγοιμ' ἄν, εὖ γὰρ ἐξεπίσταμαι
ὁμιλίας κάτοπτρον, εἴδωλον σκιᾶς,
δοκοῦντας εἶναι κάρτα πρευμενεῖς ἐμοί·   840
μόνος δ' Ὀδυσσεύς, ὅσπερ οὐχ ἑκὼν ἔπλει,
ζευχθεὶς ἕτοιμος ἦν ἐμοὶ σειραφόρος·
εἴτ' οὖν θανόντος εἴτε καὶ ζῶντος πέρι
λέγω. τὰ δ' ἄλλα πρὸς πόλιν τε καὶ θεούς
κοινοὺς ἀγῶνας θέντες ἐν πανηγύρει   845
βουλευσόμεσθα· καὶ τὸ μὲν καλῶς ἔχον
ὅπως χρονίζον εὖ μενεῖ βουλευτέον·

do retorno e da punição que impus ao país
de Príamo: os Deuses não ouviram o rogo
da língua e indivisos depuseram
na sangrenta urna votos homicidas 815
pela ruína de Ílion; na urna oposta
a esperança de voto pousava no vazio.
Fumaça ainda marca a ruína do país;
furiosas procelas vivem, moribunda
cinza lança pingues sopros de opulência. 820
Por isto é preciso dar mêmores graças
aos Deuses, muitas, porque puni
o soberbo rapto, e por mulher
devastou o país o argivo monstro,
filhote do cavalo, escudada tropa, 825
dando o salto ao pôr das Plêiades;
transposta a muralha, carnívoro leão
lambeu e saciou-se do sangue real.
Aos Deuses estendi este proêmio.
Quanto a teu conselho, ouvi, recordo, 830
concorde e condizente estou contigo.
Poucos entre os homens têm congênito
respeito sem inveja por amigo fausto:
malévolo veneno sentado no coração
duplica o mal de quem dela adoece, 835
é oprimido por seu próprio sofrimento
e pranteia ao ver alheia prosperidade.
Ciente eu diria, pois bem conheço
o espelho social, imagem de sombra:
são aparentes os benévolos comigo. 840
Só Odisseu, que invito navegou,
foi sob o jugo o meu pronto parceiro,
fale eu dele morto ou ainda vivo.
Quanto ao mais, o país e os Deuses,
reunido o povo em assembléia geral, 845
deliberaremos: como o que está bem
ficará bem com o passar do tempo,

ὅτῳ δὲ καὶ δεῖ φαρμάκων παιωνίων,
ἤτοι κέαντες ἢ τεμόντες εὐφρόνως
πειρασόμεσθα πῆμ' ἀποστρέψαι νόσου.   850
νῦν δ' ἐς μέλαθρα καὶ δόμους ἐφεστίους
ἐλθὼν θεοῖσι πρῶτα δεξιώσομαι,
οἵπερ πρόσω πέμψαντες ἤγαγον πάλιν·
νίκη δ', ἐπείπερ ἕσπετ', ἐμπέδως μένοι.

Κλ. ἄνδρες πολῖται, πρέσβος Ἀργείων τόδε,   855
οὐκ αἰσχυνοῦμαι τοὺς φιλάνορας τρόπους
λέξαι πρὸς ὑμᾶς· ἐν χρόνῳ δ' ἀποφθίνει
τὸ τάρβος ἀνθρώποισιν· οὐκ ἄλλων πάρα
μαθοῦσ', ἐμαυτῆς δύσφορον λέξω βίον
τοσόνδ' ὅσονπερ οὗτος ἦν ὑπ' Ἰλίῳ.   860
τὸ μὲν γυναῖκα πρῶτον ἄρσενος δίχα
ἧσθαι δόμοις ἔρημον ἔκπαγλον κακόν,
πολλὰς κλύουσαν κληδόνας παλιγκότους,
καὶ τὸν μὲν ἥκειν, τὸν δ' ἐπεισφέρειν κακοῦ
κάκιον ἄλλο πῆμα, λάσκοντας δόμοις·   865
καὶ τραυμάτων μὲν εἰ τόσων ἐτύγχανεν
ἀνὴρ ὅδ' ὡς πρὸς οἶκον ὠχετεύετο
φάτις, τέτρηται δικτύου πλέω λέγειν·
εἰ δ' ἦν τεθνηκὼς ὡς ἐπλήθυον λόγοι,
τρισώματός τἂν Γηρυὼν ὁ δεύτερος   870
πολλὴν ἄνωθεν, τὴν κάτω γὰρ οὐ λέγω,
χθονὸς τρίμοιρον χλαῖναν ἐξηύχει λαβών,
ἅπαξ ἑκάστῳ κατθανὼν μορφώματι.
τοιῶνδ' ἕκατι κληδόνων παλιγκότων
πολλὰς ἄνωθεν ἀρτάνας ἐμῆς δέρης   875
ἔλυσαν ἄλλοι πρὸς βίαν λελημμένης.
ἐκ τῶνδέ τοι παῖς ἐνθάδ' οὐ παραστατεῖ,
ἐμῶν τε καὶ σῶν κύριος πιστωμάτων,
ὡς χρῆν, Ὀρέστης· μηδὲ θαυμάσῃς τόδε·
τρέφει γὰρ αὐτὸν εὐμενὴς δορύξενος,   880
Στροφίος ὁ Φωκεύς, ἀμφίλεκτα πήματα
ἐμοὶ προφωνῶν, τόν θ' ὑπ' Ἰλίῳ σέθεν

      e se pedem saneadores remédios,
      ou cautério ou incisão prudente,
      tentaremos reverter o mal da doença.   850
      Agora ao palácio e morada de Héstia
      irei e saudarei primeiro os Deuses
      que me enviaram e reconduziram.
      Vitória, uma vez que veio, que se firme!

Cl. Ó cidadãos venerandos de Argos,   855
      não me envergonho de vos dizer
      os viris amores. Com o tempo se perde
      o temor dos homens. Não por outros
      ciente, por mim mesma direi a vida
      triste quando ele estava em Ílion.   860
      Primeiro a mulher sentar-se em casa
      a sós sem o marido é horrendo mal
      ouvindo-se muitos rumores perversos,
      e chegar um após outro e proclamar
      no palácio outra dor pior que o mal;   865
      e feridas se este homem teve tantas
      quantas fama canalizou ao palácio,
      ele tem furos a contar mais que rede.
      Se fosse morto como amiudavam falas,
      qual tricorpóreo Gérion alardearia   870
      ter recebido tríplice manto de terra
      [amplo em cima, embaixo não digo]
      morto uma vez em cada forma.
      Por causa de tais rumores perversos
      outros soltaram à força muitos laços   875
      em cima de meu pescoço preso.
      Por isso aqui o filho não está presente
      como devia, penhor do pacto meu e teu,
      Orestes, e que isto não te admire:
      dá-lhe abrigo o benévolo hospedeiro   880
      Estrófio da Fócida, por prevenir-me
      de dúplice dor: o teu perigo em Ílion

κίνδυνον, εἴ τε δημόθρους ἀναρχία
βουλὴν καταρρίψειεν, ὥς τι σύγγονον
βροτοῖσι τὸν πεσόντα λακτίσαι πλέον· 885
τοιάδε μέντοι σκῆψις οὐ δόλον φέρει.
ἔμοιγε μὲν δὴ κλαυμάτων ἐπίσσυτοι
πηγαὶ κατεσβήκασιν, οὐδ᾽ ἔνι σταγών·
ἐν ὀψικοίτοις δ᾽ ὄμμασιν βλάβας ἔχω
τὰς ἀμφί σοι κλαίουσα λαμπτηρουχίας 890
ἀτημελήτους αἰέν· ἐν δ᾽ ὀνείρασιν
λεπταῖς ὑπαὶ κώνωπος ἐξηγειρόμην
ῥιπαῖσι θωύσσοντος, ἀμφί σοι πάθη
ὁρῶσα πλείω τοῦ ξυνεύδοντος χρόνου.
νῦν, ταῦτα πάντα τλᾶσ᾽, ἀπενθήτῳ φρενί 895
λέγοιμ᾽ ἂν ἄνδρα τόνδε τῶν σταθμῶν κύνα,
σωτῆρα ναὸς πρότονον, ὑψηλῆς στέγης
στῦλον ποδήρη, μονογενὲς τέκνον πατρί,
καὶ γῆν φανεῖσαν ναυτίλοις παρ᾽ ἐλπίδα,
κάλλιστον ἦμαρ εἰσιδεῖν ἐκ χείματος, 900
ὁδοιπόρῳ διψῶντι πηγαῖον ῥέος·
τερπνὸν δὲ τἀναγκαῖον ἐκφυγεῖν ἅπαν·
τοιοῖσδέ τοί νιν ἀξιῶ προσφθέγμασιν·
φθόνος δ᾽ ἀπέστω· πολλὰ γὰρ τὰ πρὶν κακὰ
ἠνειχόμεσθα. νῦν δέ μοι, φίλον κάρα, 905
ἔκβαιν᾽ ἀπήνης τῆσδε, μὴ χαμαὶ τιθεὶς
τὸν σὸν πόδ᾽, ὦναξ, Ἰλίου πορθήτορα.
δμῳαί, τί μέλλεθ᾽, αἷς ἐπέσταλται τέλος
πέδον κελεύθου στορνύναι πετάσμασιν;
εὐθὺς γενέσθω πορφυρόστρωτος πόρος, 910
ἐς δῶμ᾽ ἄελπτον ὡς ἂν ἡγῆται Δίκη.
τὰ δ᾽ ἄλλα φροντὶς οὐχ ὕπνῳ νικωμένη
θήσει δικαίως σὺν θεοῖς θειμαρμένα.

Αγ. Λήδας γένεθλον, δωμάτων ἐμῶν φύλαξ,
ἀπουσίᾳ μὲν εἶπας εἰκότως ἐμῇ, 915
μακρὰν γὰρ ἐξέτεινας· ἀλλ᾽ ἐναισίμως
αἰνεῖν, παρ᾽ ἄλλων χρὴ τόδ᾽ ἔρχεσθαι γέρας.

e se um desgoverno aclamado pelo povo
derrubasse o Conselho, por ser congênito
aos mortais mais pisotear a quem caiu. 885
Tal escusa não traz nenhum engano.
A impetuosa fonte de minhas lágrimas
está extinta, não há nenhuma gota.
Tenho feridos os olhos seroantes,
a prantear por ti os luzeiros 890
apagados sempre, e durante sonhos
despertei sob tênues movimentos
de mosquito estrídulo, ao contemplar
tuas dores mais longas que o sono.
Agora, sofrido isso tudo, sem aflição, 895
eu diria este homem cão do estábulo,
salvador cabo do navio, coluna firme
do alto teto, filho único para o pai,
terra à vista para marujos inesperada,
sereno dia a contemplar após tormenta, 900
água da fonte para o sedento viajor,
prazeroso escapar a toda coerção.
Com tais palavras faço-lhe as honras.
Inveja esteja ausente, muitos males antes
suportamos. Agora, ó cabeça querida, 905
desce desse carro, sem pôr no chão
o teu pé devastador de Ílion, ó rei.
Por que tardais, ó servas, incumbidas
de cobrir o chão da via com as vestes?
Rápido se cubra de púrpura o acesso 910
à casa inopina a que Justiça o guia.
No mais, a mente não vencida por sono
fará com os Deuses o justo destino.

Ag. Progênie de Leda, vigia de meu palácio,
falaste como convém à minha ausência: 915
muito te alongaste; mas insigne louvor,
esse quinhão tem que vir dos outros.

καὶ τἆλλα μὴ γυναικὸς ἐν τρόποις ἐμέ
ἅβρυνε, μηδὲ βαρβάρου φωτὸς δίκην
χαμαιπετὲς βόαμα προσχάνῃς ἐμοί, 920
μηδ' εἵμασι στρώσασ' ἐπίφθονον πόρον
τίθει· θεούς τοι τοῖσδε τιμαλφεῖν χρεών·
ἐν ποικίλοις δὲ θνητὸν ὄντα κάλλεσιν
βαίνειν ἐμοὶ μὲν οὐδαμῶς ἄνευ φόβου·
λέγω κατ' ἄνδρα, μὴ θεόν, σέβειν ἐμέ· 925
χωρὶς ποδοψήστρων τε καὶ τῶν ποικίλων
κληδὼν αὐτεῖ· καὶ τὸ μὴ κακῶς φρονεῖν
θεοῦ μέγιστον δῶρον· ὀλβίσαι δὲ χρή
βίον τελευτήσαντ' ἐν εὐεστοῖ φίλῃ.
εἰ πάντα δ' ὣς πράσσοιμ' ἄν, εὐθαρσὴς ἐγώ. 930

Κλ. καὶ μὴν τόδ' εἰπὲ μὴ παρὰ γνώμην ἐμοί.

Αγ. γνώμην μὲν ἴσθι μὴ διαφθεροῦντ' ἐμέ.

Κλ. ηὔξω θεοῖς δείσας ἂν ὧδ' ἔρδειν τάδε;

Αγ. εἴπερ τις εἰδώς γ' εὖ τόδ' ἐξεῖπεν τέλος.

Κλ. τί δ' ἂν δοκεῖ σοι Πρίαμος, εἰ τάδ' ἤνυσεν; 935

Αγ. ἐν ποικίλοις ἂν κάρτα μοι βῆναι δοκεῖ.

Κλ. μή νυν τὸν ἀνθρώπειον αἰδεσθῇς ψόγον.

Αγ. φήμη γε μέντοι δημόθρους μέγα σθένει.

Κλ. ὁ δ' ἀφθόνητός γ' οὐκ ἐπίζηλος πέλει.

Αγ. οὔτοι γυναικός ἐστιν ἱμείρειν μάχης. 940

Κλ. τοῖς δ' ὀλβίοις γε καὶ τὸ νικᾶσθαι πρέπει.

Αγ. ἦ καὶ σὺ νίκην τήνδε δήριος τίεις;

           No mais, não me amoleças à maneira
           de mulher, nem como a um bárbaro
           não me aclames prostrada aos gritos,   920
           nem com vestes cubras o invejável
           acesso, Deuses assim se devem honrar;
           sobre os enfeitados adornos, mortal
           não tenho como andar sem pavor.
           Dêem-me honras de homem, não de Deus.   925
           Sem tecidos sob os pés, nem enfeites,
           a palavra fala, e o não pensar mal
           é o maior dom de Deus. Felicite-se
           quem finda a vida em amável conforto.
           Se eu em tudo assim agisse, confiaria.   930

Cl. Diz-me isto, não contra o que sentes.

Ag. Sabe que não desfiguro o que sinto.

Cl. Por temor aos Deuses prometerias esse ato?

Ag. Se competente sábio indicasse esse rito.

Cl. Que te parece Príamo faria, se vencesse?   935

Ag. Parece-me que andaria sobre os enfeites.

Cl. Não tenhas pudor de humana repreensão.

Ag. O clamor do povo porém tem grande força.

Cl. Quem não desperta inveja não merece zelo.

Ag. Não é de mulher o desejo de combate.   940

Cl. Aos faustos convém deixar-se vencer.

Ag. Estimas tanto a vitória desta porfia?

Κλ. πιθοῦ, †κράτος μέντοι πάρες γ'† ἑκὼν ἐμοί.

Αγ. ἀλλ', εἰ δοκεῖ σοι ταῦθ', ὑπαί τις ἀρβύλας
λύοι τάχος, πρόδουλον ἔμβασιν ποδός· 945
καὶ τοῖσδέ μ' ἐμβαίνονθ' ἁλουργέσιν θεῶν
μή τις πρόσωθεν ὄμματος βάλοι φθόνος·
πολλὴ γὰρ αἰδὼς δωματοφθορεῖν ποσίν
φθείροντα πλοῦτον ἀργυρωνήτους θ' ὑφάς.
τούτων μὲν οὕτω· τὴν ξένην δὲ πρευμενῶς 950
τήνδ' ἐσκόμιζε· τὸν κρατοῦντα μαλθακῶς
θεὸς πρόσωθεν εὐμενῶς προσδέρκεται·
ἑκὼν γὰρ οὐδεὶς δουλίῳ χρῆται ζυγῷ,
αὕτη δὲ πολλῶν χρημάτων ἐξαίρετον
ἄνθος, στρατοῦ δώρημ', ἐμοὶ ξυνέσπετο. 955
ἐπεὶ δ' ἀκούειν σοῦ κατέστραμμαι τάδε,
εἶμ' ἐς δόμων μέλαθρα πορφύρας πατῶν.

Κλ. ἔστιν θάλασσα· τίς δέ νιν κατασβέσει;
τρέφουσα πολλῆς πορφύρας ἰσάργυρον
κηκῖδα παγκαίνιστον, εἱμάτων βαφάς· 960
οἶκος δ' ὑπάρχει τῶνδε σὺν θεοῖς, ἄναξ,
ἔχειν· πένεσθαι δ' οὐκ ἐπίσταται δόμος.
πολλῶν πατησμὸν δ' εἱμάτων ἂν ηὐξάμην,
δόμοισι προυνεχθέντος ἐν χρηστηρίοις
ψυχῆς κόμιστρα τῆσδε μηχανωμένῃ· 965
ῥίζης γὰρ οὔσης φυλλὰς ἵκετ' ἐς δόμους,
σκιὰν ὑπερτείνασα σειρίου κυνός·
καὶ σοῦ μολόντος δωματῖτιν ἑστίαν,
θάλπος μὲν ἐν χειμῶνι σημαίνει μολόν,
ὅταν δὲ τεύχῃ Ζεὺς ἀπ' ὄμφακος πικρᾶς 970
οἶνον, τότ' ἤδη ψῦχος ἐν δόμοις πέλει,
ἀνδρὸς τελείου δῶμ' ἐπιστρωφωμένου.
Ζεῦ Ζεῦ τέλειε, τὰς ἐμὰς εὐχὰς τέλει·
μέλοι δέ τοί σοι τῶνπερ ἂν μέλλῃς τελεῖν·

Cl. Deixa-te persuadir, concede-me poder.

Ag. Se isto te agrada, descalcem-me logo
    os sapatos, servis anteparos dos pés,   945
    e ao pisar nestas púrpuras dos Deuses
    não me atinja de longe a inveja do olho.
    Grande é o pudor de arruinar o palácio
    pisando opulência e tecidos preciosos.
    Enfim!... E esta estrangeira, acolhe-a   950
    com bondade. Os Deuses de longe vêem
    benévolos os que dominam com doçura.
    Ninguém quer suportar o jugo servil.
    Escolhida dentre muitas riquezas
    esta flor, dom do exército, veio comigo.   955
    Já que me convenci a te ouvir nisso,
    entrarei no palácio pisando púrpuras.

Cl. Existe o mar, quem o extinguirá?
    Nutre a sempre nova seiva argentária
    de muita púrpura, tintura de vestes.   960
    O palácio dispõe disto, com os Deuses,
    ó rei, e a casa não conhece penúria.
    Prometeria o pisoteio de muitas vestes
    se oráculos o proferissem ao palácio
    ao preparar o resgate desta vida;   965
    se há raiz, a fronde vem ao palácio
    espalhando sombra contra a canícula,
    e com tua vinda ao doméstico lar
    o calor mostra que veio no inverno.
    Quando a virente uva Zeus converte   970
    em vinho, o refrigério está em casa,
    percorrendo a casa o perfeito senhor.
    Zeus, Zeus Perfectivo, perfaz-me as preces
    e que te importe o que te importar perfazeres.

Χο. τίπτε μοι τόδ' ἐμπέδως　　　　　　　　　　Str.
　　δεῖμα προστατήριον　　　　　　　　　　　976
　　καρδίας τερασκόπου ποτᾶται;
　　μαντιπολεῖ δ' ἀκέλευστος ἄμισθος ἀοιδά,
　　οὐδ' ἀποπτύσαι δίκαν　　　　　　　　　　980
　　δυσκρίτων ὀνειράτων
　　θάρσος εὐπειθὲς ἵ-
　　　ζει φρενὸς φίλον θρόνον.
　　χρόνος δ', †ἐπεὶ πρυμνησίων ξυνεμβόλοις
　　ψαμμίας ἀκάτα† παρή-　　　　　　　　　985
　　　βησεν, εὖθ' ὑπ' Ἴλιον
　　ὦρτο ναυβάτας στρατός·

　　πεύθομαι δ' ἀπ' ὀμμάτων　　　　　　　　Ant.
　　νόστον, αὐτόμαρτυς ὤν·
　　τὸν δ' ἄνευ λύρας ὅμως ὑμνῳδεῖ　　　　　990
　　θρῆνον Ἐρινύος αὐτοδίδακτος ἔσωθεν
　　θυμός, οὐ τὸ πᾶν ἔχων
　　ἐλπίδος φίλον θράσος.
　　σπλάγχνα δ' οὔτοι ματᾴ-　　　　　　　　995
　　　ζει πρὸς ἐνδίκοις φρεσὶν
　　τελεσφόροις δίναις κυκλούμενον κέαρ·
　　εὔχομαι δ' ἐξ ἐμᾶς
　　　ἐλπίδος ψύθη πεσεῖν
　　ἐς τὸ μὴ τελεσφόρον.　　　　　　　　　1000

　　†μάλα γάρ τοι τᾶς πολλᾶς ὑγιείας†　　　Str.
　　ἀκόρεστον τέρμα· νόσος γὰρ
　　γείτων ὁμότοιχος ἐρείδει.
　　καὶ πότμος εὐθυπορῶν　　　　　　　　　1005
　　. . . . . . .
　　ἀνδρὸς ἔπαισεν ἄφαντον ἕρμα·

TERCEIRO ESTÁSIMO

C. Por que este perpétuo   EST. 1
   temor diante do vaticinante   976
   coração esvoaça?
   Um canto sem convite nem paga profetiza
   e para desprezá-lo   980
   como a indiscerníveis sonhos
   nenhuma audácia persuasiva
   senta-se no trono do espírito.
   O tempo quando preso por cabos
   o navio estava na areia   985
   estiolou desde que sob Ílion
   surgiu a esquadra no mar.

   Testemunho e aprendo,   ANT. 1
   com os olhos, o regresso.
   Sem lira hineia a nênia de Erínis   990
   íntimo ímpeto instruído por si mesmo,
   sem que tenha toda
   sua audácia de esperança.
   As vísceras não são vácuas   995
   diante do espírito de Justiça
   quando o coração volteia no vórtice cumpridor.
   Mas suplico que da minha espera
   precipitem-se mentiras
   no que nunca se cumpre.   1000

   Da excelente saúde   EST. 2
   é insaciável o limite: doença
   vizinha da mesma parede pesa.
   E por via reta a sorte   1005
   . . . .
   viril colide com invisível recife.

καὶ τὸ μὲν πρὸ χρημάτων
κτησίων ὄκνος βαλὼν
σφενδόνας ἀπ' εὐμέτρου, 1010
οὐκ ἔδυ πρόπας δόμος
πλησμονᾶς γέμων ἄγαν,
οὐδ' ἐπόντισε σκάφος·
πολλά τοι δόσις ἐκ Διὸς ἀμφιλα- 1015
 φής τε καὶ ἐξ ἀλόκων ἐπετειᾶν
νῆστιν ὤλεσεν νόσον·

τὸ δ' ἐπὶ γᾶν πεσὸν ἅπαξ θανάσιμον Ant.
πρόπαρ ἀνδρὸς μέλαν αἷμα τίς ἂν 1020
πάλιν ἀγκαλέσαιτ' ἐπαείδων;
οὐδὲ τὸν ὀρθοδαῆ
τῶν φθιμένων ἀνάγειν
Ζεὺς ἀπέπαυσεν ἐπ' ἀβλαβείᾳ.
εἰ δὲ μὴ τεταγμένα 1025
μοῖρα μοῖραν ἐκ θεῶν
εἶργε μὴ πλέον φέρειν,
προφθάσασα καρδία
γλῶσσαν ἂν τάδ' ἐξέχει·
νῦν δ' ὑπὸ σκότῳ βρέμει 1030
θυμαλγής τε καὶ οὐδὲν ἐπελπομέ-
 να ποτὲ καίριον ἐκτολυπεύσειν
ζωπυρουμένας φρενός.

Se antes o receio lança
fora da moderada nave
parte das aquisições, 1010
não afunda a casa toda
por demais cheia do cheio,
nem o barco submerge.
Vasto dom de Zeus, amplo 1015
e emerso de sulcos anuais,
destrói a doença da fome.

Caído por terra, morto precoce, ANT. 2
o negro sangue viril, 1020
quem de volta o chamaria por encantos?
Nem àquele hábil perito
na recondução dos finados
Zeus não o refreou sem ferir.
Se por Deuses o lote já loteado 1025
não impedisse que se obtivesse
um lote maior,
o coração antecipando-se à língua
entornaria isso para fora;
mas agora sob trevas dolorido 1030
freme sem nenhuma esperança
de alguma façanha oportuna,
no incêndio do espírito.

Κλ. εἴσω κομίζου καὶ σύ, Κασσάνδραν λέγω· 1035
　　ἐπεί σ' ἔθηκε Ζεὺς ἀμηνίτως δόμοις
　　κοινωνὸν εἶναι χερνίβων, πολλῶν μέτα
　　δούλων σταθεῖσαν κτησίου βωμοῦ πέλας,
　　ἔκβαιν' ἀπήνης τῆσδε μηδ' ὑπερφρόνει·
　　καὶ παῖδα γάρ τοί φασιν Ἀλκμήνης ποτέ 1040
　　πραθέντα τλῆναι †δουλίας μάζης βία.†
　　εἰ δ' οὖν ἀνάγκη τῆσδ' ἐπιρρέποι τύχης,
　　ἀρχαιοπλούτων δεσποτῶν πολλὴ χάρις·
　　οἳ δ' οὔποτ' ἐλπίσαντες ἤμησαν καλῶς,
　　ὠμοί τε δούλοις πάντα, καὶ παρὰ στάθμην 1045
　　. . . . .
　　ἔχεις παρ' ἡμῶν οἷάπερ νομίζεται.

Χο. σοί τοι λέγουσα παύεται σαφῆ λόγον·
　　ἐντὸς δ' ἁλοῦσα μορσίμων ἀγρευμάτων
　　πείθοι' ἄν, εἰ πείθοι'· ἀπειθοίης δ' ἴσως.

Κλ. ἀλλ' εἴπερ ἐστὶ μὴ χελιδόνος δίκην 1050
　　ἀγνῶτα φωνὴν βάρβαρον κεκτημένη,
　　ἔσω φρενῶν λέγουσα πείθω νιν λόγῳ.

Χο. ἕπου· τὰ λῷστα τῶν παρεστώτων λέγει·
　　πειθοῦ λιποῦσα τόνδ' ἁμαξήρη θρόνον.

Κλ. οὔτοι θυραίᾳ τῇδ' ἐμοὶ σχολὴ πάρα 1055
　　τρίβειν· τὰ μὲν γὰρ ἑστίας μεσομφάλου
　　ἕστηκεν ἤδη μῆλα †πρὸς σφαγὰς πυρός,†
　　ὡς οὔποτ' ἐλπίσασι τήνδ' ἕξειν χάριν.
　　σὺ δ' εἴ τι δράσεις τῶνδε, μὴ σχολὴν τίθει·

QUARTO EPISÓDIO

Cl. Entra também tu, Cassandra chamo,   1035
já que Zeus te fez sem rancor em casa
participar das lustrações, com muitos
servos de pé junto ao altar doméstico.
Desce desse carro, não sejas soberba.
Dizem que um dia o filho de Alcmena   1040
vendido suportou comer do pão escravo.
Se impende a coerção desta sorte,
a graça é por donos antigos na riqueza;
quem teve boa colheita não esperada
é em tudo cruel com os servos a rigor.   1045
[. . . . . .]
Tens de nossa parte como é o costume.

C. Contigo ela acaba de dizer clara palavra.
Presa dentro de fatídica armadilha,
atenderias, se atendesses; talvez não.

Cl. Mas se não é como a andorinha   1050
dona de voz bárbara ininteligível,
com a palavra persuado o seu espírito.

C. Segue. Ela diz o melhor nesta situação.
Obedece, deixa esse banco do carro.

Cl. Não tenho tempo a perder aqui   1055
à porta. Na lareira umbigo da casa
estão já as ovelhas para o sacrifício
como nunca esperamos ter esta graça.
Tu, se farás isto, não demores mais;

εἰ δ' ἀξυνήμων οὖσα μὴ δέχῃ λόγον, 1060
σὺ δ' ἀντὶ φωνῆς φράζε καρβάνῳ χερί.

Χο. ἑρμηνέως ἔοικεν ἡ ξένη τοροῦ
δεῖσθαι· τρόπος δὲ θηρὸς ὡς νεαιρέτου.

Κλ. ἦ μαίνεταί γε καὶ κακῶν κλύει φρενῶν,
ἥτις λιποῦσα μὲν πόλιν νεαίρετον 1065
ἥκει, χαλινὸν δ' οὐκ ἐπίσταται φέρειν,
πρὶν αἱματηρὸν ἐξαφρίζεσθαι μένος·
οὐ μὴν πλέω ῥίψασ' ἀτιμασθήσομαι.

Χο. ἐγὼ δ', ἐποικτίρω γάρ, οὐ θυμώσομαι·
ἴθ', ὦ τάλαινα, τόνδ' ἐρημώσασ' ὄχον· 1070
εἴκουσ' ἀνάγκῃ τῇδε καίνισον ζυγόν.
ΚΑΣΣΑΝΔΡΑ
ὀτοτοτοῖ πόποι δᾶ· Str. 1
ὤπολλον, ὤπολλον.

Χο. τί ταῦτ' ἀνωτότυξας ἀμφὶ Λοξίου;
οὐ γὰρ τοιοῦτος ὥστε θρηνητοῦ τυχεῖν. 1075

Κα. ὀτοτοτοῖ πόποι δᾶ· Ant. 1
ὤπολλον, ὤπολλον.

Χο. ἥδ' αὖτε δυσφημοῦσα τὸν θεὸν καλεῖ
οὐδὲν προσήκοντ' ἐν γόοις παραστατεῖν.

Κα. ὤπολλον, ὤπολλον, Str. 2
ἀγυιᾶτ', ἀπόλλων ἐμός· 1081
ἀπώλεσας γὰρ οὐ μόλις τὸ δεύτερον.

Χο. χρήσειν ἔοικεν ἀμφὶ τῶν αὑτῆς κακῶν·
μένει τὸ θεῖον δουλίᾳ περ ἐν φρενί.

Κα. ὤπολλον, ὤπολλον, Ant. 2

	se desentendida não pegas palavra,	1060
	indica em vez da voz com peregrina mão.	

C. A hóspeda parece carecer de intérprete
    claro; tem jeito de fera recém-capturada.

Cl. Sim, enlouquece e ouve maus intentos
    quem deixou o país recém-capturado   1065
    e vem, nem sabe suportar o freio
    antes de espumar sangrento furor.
    Nada mais direi para ser desprezada.

C. Eu me apiedo, não me enfurecerei.
    Eia, ó infeliz, abandona esse carro,   1070
    cede a essa coerção e inicia o jugo.

Ca. *Otototoî pópoi dâ !*   EST. 1
    Ó Apolo, ó Apolo!

C. Por que assim deploras por Apolo?
    Não é de modo a ter quem pranteie.   1075

Ca. *Otototoî pópoi dâ!*   ANT. 1
    Ó Apolo, ó Apolo!

C. Ela com gemidos chama o Deus
    a quem não convém presidir lamúrias.

Ca. Ó Apolo, ó Apolo   EST. 2
    viário, abolitivo meu,   1081
    aboliste-me sem esforço outra vez.

C. Parece vaticinar seus próprios males:
    o divino perdura no espírito escravo.

Ca. Ó Apolo, ó Apolo   ANT. 2

ἀγυιᾶτ', ἀπόλλων ἐμός· 1086
ἆ ποῖ ποτ' ἤγαγές με; πρὸς ποίαν στέγην;

Χο. πρὸς τὴν Ἀτρειδῶν· εἰ σὺ μὴ τόδ' ἐννοεῖς,
ἐγὼ λέγω σοι· καὶ τάδ' οὐκ ἐρεῖς ψύθη.

Κα. ἆ ἆ· Str. 3
μισόθεον μὲν οὖν, πολλὰ συνίστορα 1090
αὐτοφόνα κακὰ †καρτάναι†
ἀνδροσφαγεῖον καὶ πέδον ῥαντήριον.

Χο. ἔοικεν εὔρις ἡ ξένη κυνὸς δίκην
εἶναι, ματεύει δ' ὧν ἀνευρήσει φόνον.

Κα. μαρτυρίοισι γὰρ τοῖσδ' ἐπιπείθομαι Ant. 3
κλαιόμενα τάδε βρέφη σφαγὰς 1096
ὀπτάς τε σάρκας πρὸς πατρὸς βεβρωμένας.

Χο. ἦ μὴν κλέος σου μαντικὸν πεπυσμένοι
ἦμεν· προφήτας δ' οὔτινας ματεύομεν.

Κα. ἰὼ πόποι, τί ποτε μήδεται; Str. 4
τί τόδε νέον ἄχος; μέγα 1101
μέγ' ἐν δόμοισι τοῖσδε μήδεται κακὸν
ἄφερτον φίλοισιν, δυσίατον, ἀλκὰ δ'
    ἑκὰς ἀποστατεῖ.

Χο. τούτων ἄιδρίς εἰμι τῶν μαντευμάτων, 1105
ἐκεῖνα δ' ἔγνων· πᾶσα γὰρ πόλις βοᾷ.

Κα. ἰὼ τάλαινα, τόδε γὰρ τελεῖς; Ant. 4
τὸν ὁμοδέμνιον πόσιν
λουτροῖσι φαιδρύνασα, πῶς φράσω τέλος;
τάχος γὰρ τόδ' ἔσται· προτείνει δὲ χεῖρ' ἐκ 1110
    χερὸς ὀρεγομένα.

viário, abolitivo meu, 1086
á! Onde me trouxeste? A que palácio?

C. Ao dos Atridas; se não percebes isto,
eu te digo e não dirás ser isto mentira.

Ca. *Â! â!* EST. 3
Sim, odeia Deus e conhece muitos 1090
malignos massacres dos seus,
com homicídios e umedecido chão.

C. Parece a hóspeda sagaz como cão,
fareja morticínios que desvelará.

Ca. Por estas testemunhas acredito ANT. 3
que estas crianças pranteiam a morte 1096
e carnes cozidas devoradas pelo pai.

C. De tua glória como adivinha estamos
cônscios, não buscamos nenhum profeta.

Ca. *Iò pópoi!* O que se trama? EST. 4
Que nova dor é esta? Grande, 1101
grande mal se trama neste palácio
insuportável para os seus, incurável,
a defesa ausente está longe.

C. Destes vaticínios sou ignorante, 1105
aqueles reconheci: todo o país proclama.

Ca. *Iò!* Mísera, isto farás? ANT. 4
Ao lavares no banho
o teu marido — como direi o fato?
Logo isto será: ela estende mão 1110
após mão alcançando.

Χο. οὔπω ξυνῆκα· νῦν γὰρ ἐξ αἰνιγμάτων
ἐπαργέμοισι θεσφάτοις ἀμηχανῶ.

Κα. ἒ ἔ, παπαῖ παπαῖ, τί τόδε φαίνεται;   Str. 5
ἦ δίκτυόν τί γ' Ἅιδου;   1115
ἀλλ' ἄρκυς ἡ ξύνευνος, ἡ ξυναιτία
φόνου· στάσις δ' ἀκόρετος γένει
κατολολυξάτω θύματος λευσίμου.

Χο. ποίαν Ἐρινὺν τήνδε δώμασιν κέλῃ
ἐπορθιάζειν; οὔ με φαιδρύνει λόγος.   1120
ἐπὶ δὲ καρδίαν ἔδραμε κροκοβαφὴς
σταγών, ἅτε †καὶ δορία πτώσιμος†
ξυνανύτει βίου δύντος αὐγαῖς·
ταχεῖα δ' ἄτα πέλει.

Κα. ἆ ἆ ἰδού, ἄπεχε τῆς βοὸς   Ant. 5
τὸν ταῦρον· ἐν πέπλοισιν   1126
μελαγκέρῳ λαβοῦσα μηχανήματι
τύπτει· πίτνει δ' (ἐν) ἐνύδρῳ τεύχει·
δολοφόνου λέβητος τύχαν σοι λέγω.

Χο. οὐ κομπάσαιμ' ἂν θεσφάτων γνώμων ἄκρος   1130
εἶναι, κακῷ δέ τῳ προσεικάζω τάδε.
ἀπὸ δὲ θεσφάτων τίς ἀγαθὰ φάτις
βροτοῖς στέλλεται; κακῶν γὰρ διαὶ
πολυεπεῖς τέχναι θεσπιῳδῶν
φόβον φέρουσιν μαθεῖν.   1135

Κα. ἰὼ ἰὼ ταλαίνας κακόποτμοι τύχαι·   Str. 6
τὸ γὰρ ἐμὸν θροῶ πάθος †ἐπεγχέασα†.
ποῖ δή δεῦρο τὴν τάλαιναν ἤγαγες,
οὐδέν ποτ' εἰ μὴ ξυνθανουμένην; τί γάρ;

Χο. φρενομανής τις εἶ θεοφόρητος, ἀμ-   1140
    φὶ δ' αὑτᾶς θροεῖς

C. Ainda não entendi: após enigmas
    agora com obscuros oráculos estou perplexo.

Ca. *È è papaî papaî!* O que se vê aqui?   EST. 5
    É um laço do Hades?   1115
    Mas a rede é o seu cônjuge, a co-autora
    do massacre. Sedição sôfrega da família
    alarideia pelo apedrejável sacrifício.

C. Que Erínis mandas tu estrondar
    no palácio? Não me alegra a palavra.   1120
    Corre-me ao coração pálida
    gota, que nos abatidos por lança
    coincide com os raios do ocaso da vida.
    Rápida vem a ruína.

Ca. *Â â!* Olha, olha! Põe longe da vaca   ANT. 5
    o touro. Na túnica   1126
    com negricórnio ardil ela captura e fere
    e ele tomba na banheira cheia d'água.
    Narro-te o caso de dolosa homicida bacia.

C. Não alardeio ser agudo intérprete   1130
    de oráculos, mas comparo isto a um mal.
    De oráculos, que bom anúncio
    vem aos mortais? Por meio de males
    as multíloquas artes dos vaticinadores
    trazem a compreensão do pavor.   1135

Ca. *Iò iò!* Malfadada sorte da mísera!   EST. 6
    Clamo minha própria dor a transbordar.
    Por que aqui me conduziste a mim, infeliz,
    para nada senão morrer junto? Por que?

C. De espírito louco és guiada por Deus: 1140
    por ti mesma clamas

νόμον ἄνομον, οἷά τις ξουθὰ
ἀκόρετος βοᾶς, φεῦ, ταλαίναις φρεσὶν
Ἴτυν Ἴτυν στένουσ' ἀμφιθαλῆ κακοῖς
ἀηδὼν μόρον. 1145

Κα. ἰὼ ἰὼ λιγείας βίος ἀηδόνος· Ant. 6
περέβαλον γάρ οἱ πτεροφόρον δέμας
θεοὶ γλυκύν τ' αἰῶνα κλαυμάτων ἄτερ·
ἐμοὶ δὲ μίμνει σχισμὸς ἀμφήκει δορί.

Χο. πόθεν ἐπισσύτους θεοφόρους τ' ἔχεις 1150
ματαίους δύας,
τὰ δ' ἐπίφοβα δυσφάτῳ κλαγγᾷ
μελοτυπεῖς ὁμοῦ τ' ὀρθίοις ἐν νόμοις;
πόθεν ὅρους ἔχεις θεσπεσίας ὁδοῦ
κακορρήμονας; 1155

Κα. ἰὼ γάμοι γάμοι Πάριδος ὀλέθριοι φίλων· Str. 7
ἰὼ Σκαμάνδρου πάτριον ποτόν·
τότε μὲν ἀμφὶ σὰς ἀιόνας τάλαιν'
ἠνυτόμαν τροφαῖς·
νῦν δ' ἀμφὶ Κωκυτόν τε κἀχερουσίους 1160
ὄχθους ἔοικα θεσπιῳδήσειν τάχα.

Χο. τί τόδε τορὸν ἄγαν ἔπος ἐφημίσω;
νεογνὸς ἂν ἀΐων μάθοι·
πέπληγμαι δ' ὑπαὶ δήγματι φοινίῳ
δυσαλγεῖ τύχᾳ μινυρὰ [κακὰ] θρεομένας, 1165
θραύματ' ἐμοὶ κλύειν.

Κα. ἰὼ πόνοι πόνοι πόλεος ὀλομένας τὸ πᾶν· Ant. 7
ἰὼ πρόπυργοι θυσίαι πατρὸς
πολυκανεῖς βοτῶν ποιονόμων· ἄκος δ'
οὐδὲν ἐπήρκεσαν 1170
τὸ μὴ πόλιν μὲν ὥσπερ οὖν ἐχρῆν παθεῖν·
ἐγὼ δὲ †θερμόνους τάχ' ἐμπέδῳ βαλῶ.†

      não cantante canto como fosco rouxinol
      sôfrego de lamúria miserando
      a prantear com "Itis", "Itis",
      a sorte dobrada de males.   1145

Ca. *Iò iò!* Vida de canoro rouxinol!   ANT. 6
     Deuses lhe deram alígero corpo
     e doce viver isento de lágrimas,
     cortes me aguardam de bigúmea arma.

C. Por que tens súbitas e divinais   1150
     aflições inúteis,
     e modulas pavores com nefanda voz
     junto com incitantes cantos?
     Por quem delimitas maligna eloqüência
     no caminho dos vaticínios?   1155

Ca. *Iò!* Núpcias de Páris funestas aos seus!   EST. 7
     Iò! Pátrio fluxo do Escamandro!
     Outrora às tuas margens, mísera,
     cresci com teus cuidados;
     agora à beira do Cocito e das ribas   1160
     do Aqueronte creio logo vaticinarei.

C. Que palavra tão clara proferiste?
     Criança ouvindo entenderia.
     Estou ferido de pungente picada
     ao teu estrídulo clamor da dolorosa sorte,   1165
     confrange-me ouvir.

Ca. *Iò!* Dores dores do país destruído de todo!   ANT. 7
     Iò! Paternos sacrifícios por nossas torres
     mortíferos a muitos herbívoros bois!
     Não forneceram recurso   1170
     de não padecer o país como devia,
     eu ardorosa logo cairei por terra.

Χο. ἑπόμενα προτέροισι τάδ' ἐφημίσω.
    καί τίς σε κακοφρονῶν τίθη-
       σι δαίμων ὑπερβαρὴς ἐμπίτνων   1175
    μελίζειν πάθη γοερὰ θανατοφόρα·
    τέρμα δ' ἀμηχανῶ.

Κα. καὶ μὴν ὁ χρησμὸς οὐκέτ' ἐκ καλυμμάτων
    ἔσται δεδορκὼς νεογάμου νύμφης δίκην·
    λαμπρὸς δ' ἔοικεν ἡλίου πρὸς ἀντολὰς   1180
    πνέων ἐφήξειν, ὥστε κύματος δίκην
    κλύζειν πρὸς αὐγὰς τοῦδε πήματος πολύ
    μεῖζον· φρενώσω δ' οὐκέτ' ἐξ αἰνιγμάτων·
    καὶ μαρτυρεῖτε συνδρόμως ἴχνος κακῶν
    ῥινηλατούσῃ τῶν πάλαι πεπραγμένων·   1185
    τὴν γὰρ στέγην τήνδ' οὔποτ' ἐκλείπει χορός
    ξύμφθογγος οὐκ εὔφωνος· οὐ γὰρ εὖ λέγει·
    καὶ μὴν πεπωκώς γ', ὡς θρασύνεσθαι πλέον,
    βρότειον αἷμα κῶμος ἐν δόμοις μένει,
    δύσπεμπτος ἔξω, συγγόνων Ἐρινύων·   1190
    ὑμνοῦσι δ' ὕμνον δώμασιν προσήμεναι
    πρώταρχον ἄτην, ἐν μέρει δ' ἀπέπτυσαν
    εὐνὰς ἀδελφοῦ τῷ πατοῦντι δυσμενεῖς.
    ἥμαρτον, ἢ †τηρῶ† τι τοξότης τις ὥς;
    ἢ ψευδόμαντίς εἰμι θυροκόπος φλέδων;   1195
    ἐκμαρτύρησον προυμόσας τό μ' εἰδέναι
    λόγῳ παλαιὰς τῶνδ' ἁμαρτίας δόμων.

Χο. καὶ πῶς ἂν ὅρκου πῆγμα γενναίως παγέν
    παιώνιον γένοιτο; θαυμάζω δέ σου,
    πόντου πέραν τραφεῖσαν ἀλλόθρουν πόλιν   1200
    κυρεῖν λέγουσαν ὥσπερ εἰ παρεστάτεις.

Κα. μάντις μ' Ἀπόλλων τῷδ' ἐπέστησεν τέλει.

Χο. μῶν καὶ θεός περ ἱμέρῳ πεπληγμένος;   1204

C. Palavras condizentes com as anteriores.
    Um malévolo Nume grave
    ao surgir faz que modules   1175
    deploráveis dores mortais.
    O término ignoro.

Ca. O oráculo agora não mais através de véus
    estará fitando como recém-casada noiva
    e clareante vento parece que soprará a leste   1180
    de modo a marulhar qual vaga à luz do sol
    muito mais do que esta paciente dor,
    e darei instruções não mais por enigmas.
    Confirmai se conseguindo a pista farejo
    vestígios dos crimes outrora perpetrados.   1185
    Um coro nunca abandona esta morada
    consoado, não suave, pois suave não fala.
    Para maior ousadia, bêbado de sangue
    humano, o bando perdura no palácio,
    cortejo difícil de sair, congêneres Erínies.   1190
    Assíduas na moradia, hineiam num hino
    o primeiro error, e uma após outra abominam
    o leito do irmão, hostis a quem o pisou.
    Falhei ou atinjo algo qual um arqueiro?
    Ou sou falsa adivinha mendiga faladeira?   1195
    Sê testemunha jurada de que conheço
    os prístinos desacertos deste palácio.

C. Como bem penhorado penhor de juramento
    poderia sanear? Admiro-me de que tu
    criada além-mar logres falar de país   1200
    estranho como se nele tivesses domicílio.

Ca. O adivinho Apolo me pôs neste ofício.

C. Atingido, ainda que Deus, pelo desejo?   1204

Κα. πρὸ τοῦ μὲν αἰδὼς ἦν ἐμοὶ λέγειν τάδε. 1203

Χο. ἁβρύνεται γὰρ πᾶς τις εὖ πράσσων πλέον. 1205

Κα. ἀλλ' ἦν παλαιστὴς κάρτ' ἐμοὶ πνέων χάριν.

Χο. ἦ καὶ τέκνων εἰς ἔργον ἠλθέτην ὁμοῦ;

Κα. ξυναινέσασα Λοξίαν ἐψευσάμην.

Χο. ἤδη τέχναισιν ἐνθέοις ᾑρημένη;

Κα. ἤδη πολίταις πάντ' ἐθέσπιζον πάθη. 1210

Χο. πῶς δῆτ' ἄνατος ἦσθα Λοξίου κότῳ;

Κα. ἔπειθον οὐδέν' οὐδέν, ὡς τάδ' ἤμπλακον.

Χο. ἡμῖν γε μὲν δὴ πιστὰ θεσπίζειν δοκεῖς.

Κα. ἰοὺ ἰού, ὢ ὢ κακά·
    ὑπ' αὖ με δεινὸς ὀρθομαντείας πόνος 1215
    στροβεῖ ταράσσων φροιμίοις (δυσφροιμίοις).
    ὁρᾶτε τούσδε τοὺς δόμοις ἐφημένους
    νέους, ὀνείρων προσφερεῖς μορφώμασιν;
    παῖδες θανόντες ὡσπερεὶ πρὸς τῶν φίλων,
    χεῖρας κρεῶν πλήθοντες, οἰκείας βορᾶς, 1220
    σὺν ἐντέροις τε σπλάγχν', ἐποίκτιστον γέμος,
    πρέπουσ' ἔχοντες, ὧν πατὴρ ἐγεύσατο.
    ἐκ τῶνδε ποινάς φημι βουλεύειν τινά
    λέοντ' ἄναλκιν ἐν λέχει στρωφώμενον
    οἰκουρόν, ὤμον τῷ μολόντι δεσπότῃ 1225
    ἐμῷ· φέρειν γὰρ χρὴ τὸ δούλιον ζυγόν·
    νεῶν δ' ἄπαρχος Ἰλίου τ' ἀναστάτης
    οὐκ οἶδεν οἷα γλῶσσα μισητῆς κυνός,
    λέξασα κἀκτείνασα φαιδρόνους δίκην,

Ca. Antes eu tinha pudor de dizer isso. 1203

C. Todos são mais mimosos quando prósperos. 1205

Ca. Foi combatente comigo respirando graça.

C. Foram ambos juntos ao ato gerativo?

Ca. Dei consentimento e enganei Lóxias.

C. Já possuída por artes divinatórias?

Ca. Já vaticinava toda dor aos cidadãos. 1210

C. Como não te puniu o rancor de Apolo?

Ca. Não persuadi ninguém após esta falta.

C. Cremos, porém, que vaticinas digna de fé.

Ca. *Ioù ioù!* Ò ò! Misérias!
A terrível fadiga de veraz vaticínio 1215
subverte-me revolvendo com prelúdios.
Vede sentados perto do palácio estes
jovens similares a figuras de sonhos:
crianças como se mortas pelos seus,
as mãos cheias de carnes, pasto próprio, 1220
com intestinos e vísceras, mísero peso,
parecem ostentar o que o pai degustou.
Digo que trama punição por isto
um leão covarde a rolar no leito,
caseiro, contra o recém-vindo senhor 1225
meu, pois devo suportar o jugo servil.
O capitão de navios e destruidor de Ílion
não conhece que língua de odiosa cadela
a falar e a esticar escusa alegremente

ἄτης λαθραίου τεύξεται κακῇ τύχῃ· 1230
τοιαῦτα τολμᾷ· θῆλυς ἄρσενος φονεύς
ἐστίν· τί νιν καλοῦσα δυσφιλὲς δάκος
τύχοιμ' ἄν; ἀμφίσβαιναν, ἢ Σκύλλαν τινά
οἰκοῦσαν ἐν πέτραισι, ναυτίλων βλάβην,
θύουσαν Ἅιδου μητέρ' ἄσπονδόν τ' Ἄρη 1235
φίλοις πνέουσαν; ὡς δ' ἐπωλολύξατο
ἡ παντότολμος, ὥσπερ ἐν μάχης τροπῇ·
δοκεῖ δὲ χαίρειν νοστίμῳ σωτηρίᾳ.
καὶ τῶνδ' ὁμοῖον εἴ τι μὴ πείθω· τί γάρ;
τὸ μέλλον ἥξει· καὶ σύ μ' ἐν τάχει παρὼν 1240
ἄγαν γ' ἀληθόμαντιν οἰκτίρας ἐρεῖς.

Χο. τὴν μὲν Θυέστου δαῖτα παιδείων κρεῶν
ξυνῆκα καὶ πέφρικα καὶ φόβος μ' ἔχει
κλυόντ' ἀληθῶς οὐδὲν ἐξῃκασμένα·
τὰ δ' ἄλλ' ἀκούσας ἐκ δρόμου πεσὼν τρέχω. 1245

Κα. Ἀγαμέμνονός σέ φημ' ἐπόψεσθαι μόρον.

Χο. εὔφημον, ὦ τάλαινα, κοίμησον στόμα.

Κα. ἀλλ' οὔτι παιὼν τῷδ' ἐπιστατεῖ λόγῳ.

Χο. οὔκ, εἴπερ ἔσται γ'· ἀλλὰ μὴ γένοιτό πως.

Κα. σὺ μὲν κατεύχῃ, τοῖς δ' ἀποκτείνειν μέλει. 1250

Χο. τίνος πρὸς ἀνδρὸς τοῦτ' ἄχος πορσύνεται;

Κα. ἦ κάρτα λίαν παρεκόπης χρησμῶν ἐμῶν.

Χο. τοῦ γὰρ τελοῦντος οὐ ξυνῆκα μηχανήν·

Κα. καὶ μὴν ἄγαν γ' Ἕλλην' ἐπίσταμαι φάτιν.

       logrará latente dano com maligna sorte.   1230
       Tal é a ousadia: fêmea mata macho.
       Que nome de odioso monstro lhe daria
       com acerto? Bicéfala víbora? Ou Cila
       moradora de escolhos, ruína de marujos?
       Imoladora mãe de Hades a soprar nos seus   1235
       implacável Ares? Como lançou alaridos
       a insolente tal como na virada do combate!
       Parece alegre com a salvação do regresso.
       Dá no mesmo, se disto não vos persuado.
       O futuro virá. E tu presente logo me dirás   1240
       por lástima adivinha por demais veraz.

C. O festim de Tiestes com carnes de crianças:
     compreendo e estremeço e o pavor me toma
     ao ouvir as verdades nada imaginárias.
     Quanto ao mais, perdi a pista na corrida.   1245

Ca. Digo que verás a morte de Agamêmnon.

C. Ó mísera, em bom augúrio repouses a boca.

Ca. Mas Peã não preside mesmo tal palavra.

C. Não, se assim for. Mas que não aconteça!

Ca. Supliques tu, a eles importa-lhes matar.   1250

C. Por que homem é preparada esta aflição?

Ca. Extraviaste muito de oráculos meus.

C. Não entendi o ardil de quem executa.

Ca. Contudo conheço bem a língua grega.

Χο. καὶ γὰρ τὰ πυθόκραντα· δυσμαθῆ δ' ὅμως.   1255

Κα. παπαῖ· οἷον τὸ πῦρ· ἐπέρχεται δέ μοι·
ὀτοτοῖ, Λύκει' Ἄπολλον, οἲ ἐγὼ ἐγώ.
αὕτη δίπους λέαινα συγκοιμωμένη
λύκῳ, λέοντος εὐγενοῦς ἀπουσίᾳ,
κτενεῖ με τὴν τάλαιναν· ὡς δὲ φάρμακον   1260
τεύχουσα κἀμοῦ μισθὸν ἐνθήσει ποτῷ
ἐπεύχεται, θήγουσα φωτὶ φάσγανον,
ἐμῆς ἀγωγῆς ἀντιτείσεσθαι φόνον.
τί δῆτ' ἐμαυτῆς καταγέλωτ' ἔχω τάδε
καὶ σκῆπτρα καὶ μαντεῖα περὶ δέρῃ στέφη;   1265
σὲ μὲν πρὸ μοίρας τῆς ἐμῆς διαφθερῶ·
ἴτ' εἰς φθόρον πέσοντ', ἐγὼ θ' ἅμ' ἕψομαι·
ἄλλην τιν' ἄτης ἀντ' ἐμοῦ πλουτίζετε.
ἰδοὺ δ', Ἀπόλλων αὐτὸς ἐκδύων ἐμέ
χρηστηρίαν ἐσθῆτ', ἐποπτεύσας δέ με   1270
κἀν τοῖσδε κόσμοις καταγελωμένην μέγα
φίλων ὑπ' ἐχθρῶν οὐ διχορρόπως †μάτην·†
καλουμένη δὲ φοιτὰς ὡς ἀγύρτρια
πτωχὸς τάλαινα λιμοθνὴς ἠνεσχόμην·
καὶ νῦν ὁ μάντις μάντιν ἐκπράξας ἐμέ   1275
ἀπήγαγ' ἐς τοιάσδε θανασίμους τύχας·
βωμοῦ πατρῴου δ' ἀντ' ἐπίξηνον μένει,
θερμῷ κοπείσης φοίνιον προσφάγματι.
οὐ μὴν ἄτιμοί γ' ἐκ θεῶν τεθνήξομεν·
ἥξει γὰρ ἡμῶν ἄλλος αὖ τιμάορος,   1280
μητροκτόνον φίτυμα, ποινάτωρ πατρός·
φυγὰς δ' ἀλήτης τῆσδε γῆς ἀπόξενος
κάτεισιν, ἄτας τάσδε θριγκώσων φίλοις·
ἄξει νιν ὑπτίασμα κειμένου πατρός.
τί δῆτ' ἐγὼ κάτοικτος ὧδ' ἀναστένω;   1285
ἐπεὶ τὸ πρῶτον εἶδον Ἰλίου πόλιν
πράξασαν ὡς ἔπραξεν, οἳ δ' εἷλον πόλιν
οὕτως ἀπαλλάσσουσιν ἐν θεῶν κρίσει,
ἰοῦσ' ἀπάρξω, τλήσομαι τὸ κατθανεῖν·

C. Também o oráculo pítio, difícil todavia.   1255

Ca. *Papaî!* Que fogo este! E invade-me!
    Ototoî! Lupino Apolo! Ai de mim!
    Essa leoa bípede junto com o lobo
    deitada na ausência do nobre leão
    matar-me-á mísera: como remédio   1260
    porá ainda a minha paga na poção.
    Aguçando o gládio para o marido gloria-se
    de puni-lo com morte por ter-me trazido.
    Por que mantenho para minha irrisão
    isto, cetro e fitas divinatórias, no pescoço?   1265
    Destruirei isto, antes de minha morte.
    Abaixo! Arrebente-se! Eu seguirei junto.
    Fazei rico de perda outrem em vez de mim.
    Eis Apolo mesmo despindo-me
    as vaticinas vestes, ele que me espreitou   1270
    ainda com estes adornos escarnecida
    por amigos hostis, sem dúvida vãos.
    Como profetisa ambulante suportei
    mísera o nome de famélica mendiga.
    O Adivinho cobrou de mim a adivinha,   1275
    agora me conduz a esta sorte funesta.
    Em vez do altar paterno o cepo espera
    rubro de sangue cálido da imolação.
    Não sem honra dos Deuses morreremos:
    um outro punidor por nós há de vir,   1280
    matricida rebento, vingador do pai.
    Exilado errante estranho a esta terra
    voltará para coroar a ruína dos seus.
    Há de conduzi-lo o pai supino em jazigo.
    Por que então comiserando lastimo?   1285
    Uma vez que vi a cidade de Ílion
    agir como agiu e os que a tomaram
    acabam assim por decisão dos Deuses,
    irei adiante, enfrentarei a morte,

ὀμώμοται γὰρ ὅρκος ἐκ θεῶν μέγας, 1290
Ἅιδου πύλας δὲ τάσδ' ἐγὼ προσεννέπω·
ἐπεύχομαι δὲ καιρίας πληγῆς τυχεῖν,
ὡς ἀσφάδαστος, αἱμάτων εὐθνησίμων
ἀπορρυέντων, ὄμμα συμβάλω τόδε.

Χο. ὦ πολλὰ μὲν τάλαινα, πολλὰ δ' αὖ σοφή 1295
γύναι, μακρὰν ἔτεινας· εἰ δ' ἐτητύμως
μόρον τὸν αὑτῆς οἶσθα, πῶς θεηλάτου
βοὸς δίκην πρὸς βωμὸν εὐτόλμως πατεῖς;

Κα. οὐκ ἔστ' ἄλυξις, οὔ, ξένοι, χρόνον πλέω.

Χο. ὁ δ' ὕστατός γε τοῦ χρόνου πρεσβεύεται. 1300

Κα. ἥκει τόδ' ἦμαρ· σμικρὰ κερδανῶ φυγῇ·

Χο. ἀλλ' ἴσθι τλήμων οὖσ' ἀπ' εὐτόλμου φρενός.

Κα. οὐδεὶς ἀκούει ταῦτα τῶν εὐδαιμόνων.

Χο. ἀλλ' εὐκλεῶς τοι κατθανεῖν χάρις βροτῷ.

Κα. ἰὼ πάτερ σοῦ σῶν τε γενναίων τέκνων. 1305

Χο. τί δ' ἐστὶ χρῆμα; τίς σ' ἀποστρέφει φόβος;

Κα. φεῦ φεῦ.

Χο. τί τοῦτ' ἔφευξας; εἴ τι μὴ φρενῶν στύγος.

Κα. φόνον δόμοι πνέουσιν αἱματοσταγῆ.

Χο. καὶ πῶς; τόδ' ὄζει θυμάτων ἐφεστίων. 1310

Κα. ὁμοῖος ἀτμὸς ὥσπερ ἐκ τάφου πρέπει.

      pois há o grande juramento dos Deuses. 1290
      Interpelo estas portas de Hades,
      suplico obter um golpe certeiro
      que ao fluir sangue de boa morte
      sem convulsão eu feche meus olhos.

C. Ó demasiado mísera, demasiado sábia   1295
    mulher, alongaste a fala. Se conheces
    mesmo a tua morte, como vais ousada
    como rês tangida por Deus para o altar?

Ca. Amigos, não há evasiva por mais tempo.

C. O último tempo tem o maior valor.   1300

Ca. Veio este dia, pouco lucro há na fuga.

C. Sabe que és firme por ânimo audaz.

Ca. Não ouvem isto os de bom Nume.

C. Mas gloriosa morte é graça para mortal.

Ca. Ai de ti, pai, e de teus nobres filhos!   1305

C. O que há? Que pavor te faz voltar?

Ca. *Pheû pheû!*

C. Por que *pheû*? Que horror tens em ti?

Ca. O palácio respira sangrento massacre.

C. Como? Isto recende a sacrifício no lar.   1310

Ca. Vapor símil ao que o sepulcro exala.

Χο. οὐ Σύριον ἀγλάϊσμα δώμασιν λέγεις.

Κα. ἀλλ' εἶμι κἀν δόμοισι κωκύσουσ' ἐμήν
Ἀγαμέμνονός τε μοῖραν· ἀρκείτω βίος.
ἰὼ ξένοι· 1315
οὔτοι δυσοίζω θάμνον ὡς ὄρνις φόβῳ,
ἀλλ' ὡς θανούσῃ μαρτυρῆτέ μοι τόδε,
ὅταν γυνὴ γυναικὸς ἀντ' ἐμοῦ θάνῃ
ἀνήρ τε δυσδάμαρτος ἀντ' ἀνδρὸς πέσῃ·
ἐπιξενοῦμαι ταῦτα δ' ὡς θανουμένη. 1320

Χο. ὦ τλῆμον, οἰκτίρω σε θεσφάτου μόρου.

Κα. ἅπαξ ἔτ' εἰπεῖν ῥῆσιν ἢ θρῆνον θέλω
ἐμὸν τὸν αὑτῆς· ἡλίῳ δ' ἐπεύχομαι
πρὸς ὕστατον φῶς †τοῖς ἐμοῖς τιμαόροις
ἐχθροῖς φονεῦσι τοῖς ἐμοῖς τίνειν ὁμοῦ† 1325
δούλης θανούσης, εὐμαροῦς χειρώματος.
ἰὼ βρότεια πράγματ'· εὐτυχοῦντα μὲν
σκιᾷ τις ἂν πρέψειεν· εἰ δὲ δυστυχῇ,
βολαῖς ὑγρώσσων σπόγγος ὤλεσεν γραφήν·
καὶ ταῦτ' ἐκείνων μᾶλλον οἰκτίρω πολύ. 1330

C. Dizes não perfume sírio no palácio?

Ca. Irei prantear no palácio minha sorte
e a de Agamêmnon. Basta de viver!
Iò hospedeiros! 1315
Não deploro moita como ave tímida,
mas por mim morta testemunhai isto,
quando por mim, mulher, a mulher morrer
e, por malcasado homem, o homem cair.
Este dom de hospitalidade peço ao morrer. 1320

C. Ó mísera, lastimo tua predita morte.

Ca. Ainda uma vez quero dizer palavra ou
a minha própria nênia e à última luz
do sol suplico que os inimigos paguem
aos vingadores do senhor o massacre, 1325
morta a escrava, presa bem à mão.
Iò proezas de mortais! Com boa sorte
são comparáveis a sombra; com má sorte
úmida esponja batendo apaga o traço
e deploro isso muito mais que ao mais. 1330

Χο. τὸ μὲν εὖ πράσσειν ἀκόρεστον ἔφυ
πᾶσι βροτοῖσιν· δακτυλοδείκτων δ'
οὔτις ἀπειπὼν εἴργει μελάθρων,
μηκέτ' ἐσέλθῃς τάδε φωνῶν.
καὶ τῷδε πόλιν μὲν ἑλεῖν ἔδοσαν   1335
μάκαρες Πριάμου,
θεοτίμητος δ' οἴκαδ' ἱκάνει·
νῦν δ' εἰ προτέρων αἷμ' ἀποτείσῃ
καὶ τοῖσι θανοῦσι θανὼν ἄλλων
ποινὰς θανάτων ἐπικράνῃ,   1340
τίς κἂν εὔξαιτο βροτῶν ἀσινεῖ
δαίμονι φῦναι τάδ' ἀκούων;

ANAPESTOS DO CORO

C. A prosperidade brota insaciável
a todos os mortais. Por recusa
ninguém a repele de indigitados palácios
a dizer: "não entres mais aqui".
Os Venturosos deram a este homem   1335
capturar o país de Príamo
e honrado por Deus retorna ao lar.
Se agora responder por sangue antigo
e morto pelas mortes cobrar punição
com outras mortes,   1340
que mortal ouvindo isso alardearia
ter nascido com incólume destino?

Αγ. ὤμοι, πέπληγμαι καιρίαν πληγὴν ἔσω.

Χο. σῖγα· τίς πληγὴν αὐτεῖ καιρίως οὐτασμένος;

Αγ. ὤμοι μάλ' αὖθις δευτέραν πεπληγμένος. 1345

Χο. τοὔργον εἰργάσθαι δοκεῖ μοι βασιλέως οἰμώγμασιν·
ἀλλὰ κοινωσώμεθ' ἤν πως ἀσφαλῆ βουλεύματ' ⟨ᾖ⟩.
— ἐγὼ μὲν ὑμῖν τὴν ἐμὴν γνώμην λέγω,
πρὸς δῶμα δεῦρ' ἀστοῖσι κηρύσσειν βοήν.
— ἐμοὶ δ' ὅπως τάχιστά γ' ἐμπεσεῖν δοκεῖ 1350
καὶ πρᾶγμ' ἐλέγχειν σὺν νεορρύτῳ ξίφει.
— κἀγὼ τοιούτου γνώματος κοινωνὸς ὤν
ψηφίζομαι τὸ δρᾶν τι· μὴ μέλλειν δ' ἀκμή.
— ὁρᾶν πάρεστι· φροιμιάζονται γὰρ ὡς
τυραννίδος σημεῖα πράσσοντες πόλει. 1355
— χρονίζομεν γάρ· οἱ δὲ τῆς μελλοῦς κλέος
πέδον πατοῦντες οὐ καθεύδουσιν χερί.
— οὐκ οἶδα βουλῆς ἧστινος τυχὼν λέγω·
τοῦ δρῶντός ἐστι καὶ τὸ βουλεῦσαι †πέρι†.
— κἀγὼ τοιοῦτός εἰμ', ἐπεὶ δυσμηχανῶ 1360
λόγοισι τὸν θανόντ' ἀνιστάναι πάλιν.
— ἦ καὶ βίον τείνοντες ὧδ' ὑπείξομεν
δόμων καταισχυντῆρσι τοῖσδ' ἡγουμένοις;
— ἀλλ' οὐκ ἀνεκτόν, ἀλλὰ κατθανεῖν κρατεῖ·
πεπαιτέρα γὰρ μοῖρα τῆς τυραννίδος. 1365
— ἦ γὰρ τεκμηρίοισιν ἐξ οἰμωγμάτων
μαντευσόμεσθα τἀνδρὸς ὡς ὀλωλότος;
— σάφ' εἰδότας χρὴ τῶνδε μυθεῖσθαι πέρι·
τὸ γὰρ τοπάζειν τοῦ σάφ' εἰδέναι δίχα.
— ταύτην ἐπαινεῖν πάντοθεν πληθύνομαι, 1370
τρανῶς Ἀτρείδην εἰδέναι κυροῦνθ' ὅπως.

DIÁLOGO DOS COREUTAS

Ag. *Ómoi!* Um golpe certeiro golpeou-me dentro.

C. Silêncio! Quem grita ferido de golpe certeiro?

Ag. *Ómoi!* Outra vez outro golpe me atingiu. 1345

C. Pelos gritos do rei parece-me feita a façanha.
   Decidamos juntos como seria infalível plano.
 1 Eu vos direi a minha proposta: que arautos
   conclamem aqui cidadãos em prol do palácio.
 2 A mim parece que o mais rápido saltemos 1350
   e flagremos o ato com recém-corrida espada.
 3 Eu também participo de tal proposta:
   voto por fazer algo e não adiar a ação.
 4 Podem-se ver: preludiam executando
   como que sinais de tirania no país. 1355
 5 Contemporizamos e os que calcam no chão
   a glória da pausa não adormecem braços.
 6 Não sei com que plano digo ter atinado;
   ao agente cabe também planejar antes.
 7 Eu também penso assim já que não posso 1360
   reerguer outra vez o morto com palavras.
 8 Preservando a vida curvaremos assim
   aos violadores que dominam o palácio?
 9 Não se pode tolerar, é preferível morrer,
   a morte é mais doce do que a tirania. 1365
10 Por indícios vindos de gemidos
   adivinharemos que é morto o rei?
11 É preciso claro saber para falar disto,
   conjectura é diferente de saber claro.
12 Sigo a maioria ao aprovar isto: 1370
   saber claro o que há com o Atrida.

Κλ. πολλῶν πάροιθεν καιρίως εἰρημένων
τἀναντί' εἰπεῖν οὐκ ἐπαισχυνθήσομαι·
πῶς γάρ τις ἐχθροῖς ἐχθρὰ πορσύνων, φίλοις
δοκοῦσιν εἶναι, πημονῆς ἀρκύστατ' ἂν   1375
φάρξειεν ὕψος κρεῖσσον ἐκπηδήματος;
ἐμοὶ δ' ἀγὼν ὅδ' οὐκ ἀφρόντιστος πάλαι
νείκης παλαιᾶς ἦλθε, σὺν χρόνῳ γε μήν·
ἕστηκα δ' ἔνθ' ἔπαισ' ἐπ' ἐξειργασμένοις.
οὕτω δ' ἔπραξα, καὶ τάδ' οὐκ ἀρνήσομαι,   1380
ὡς μήτε φεύγειν μήτ' ἀμύνεσθαι μόρον·
ἄπειρον ἀμφίβληστρον, ὥσπερ ἰχθύων,
περιστιχίζω, πλοῦτον εἵματος κακόν·
παίω δέ νιν δίς, κἀν δυοῖν οἰμώγμασιν
μεθῆκεν αὐτοῦ κῶλα, καὶ πεπτωκότι   1385
τρίτην ἐπενδίδωμι, τοῦ κατὰ χθονὸς
Διὸς νεκρῶν σωτῆρος εὐκταίαν χάριν.
οὕτω τὸν αὑτοῦ θυμὸν †ὁρμαίνει† πεσών,
κἀκφυσιῶν ὀξεῖαν αἵματος σφαγὴν
βάλλει μ' ἐρεμνῇ ψακάδι φοινίας δρόσου,   1390
χαίρουσαν οὐδὲν ἧσσον ἢ διοσδότῳ
γάνει σπορητὸς κάλυκος ἐν λοχεύμασιν.
ὡς ὧδ' ἐχόντων, πρέσβος Ἀργείων τόδε,
χαίροιτ' ἄν, εἰ χαίροιτ', ἐγὼ δ' ἐπεύχομαι·
εἰ δ' ἦν πρεπόντως ὥστ' ἐπισπένδειν νεκρῷ,   1395
τάδ' ἂν δικαίως ἦν, ὑπερδίκως μὲν οὖν·
τοσῶνδε κρατῆρ' ἐν δόμοις κακῶν ὅδε
πλήσας ἀραίων αὐτὸς ἐκπίνει μολών.

Χο. θαυμάζομέν σου γλῶσσαν, ὡς θρασύστομος,
ἥτις τοιόνδ' ἐπ' ἀνδρὶ κομπάζεις λόγον.   1400

QUINTO EPISÓDIO

Cl. Não me envergonho de contradizer
muitas palavras antes oportunas.
No ataque a inimigos amigos aparentes
como se armariam ruinosas redes 1375
de altura que supere o salto?
Este meu combate, não sem plano prévio,
pela porfia prístina, veio, com o tempo.
Fiquei onde bati, com fatos consumados.
Fiz de tal modo (e isto não negarei) 1380
a não escapar nem evitar a morte.
Inextricável rede, tal qual a de peixes,
lanço-lhe ao redor, rica veste maligna.
Firo-o duas vezes e com dois gemidos
afrouxou membros ali mesmo e prostrado 1385
dou-lhe o terceiro golpe, oferenda votiva
a Zeus subterrâneo salvador de mortos.
Assim caído expele o seu espírito
e ao jorrar agudo jacto de sangue
o sombrio borrifo de cruentas gotas 1390
bate-me grato como orvalho de Zeus
ao broto na parturição da semente.
Assim sendo, ó veneráveis de Argos,
alegraríeis, se alegrásseis; eu alardeio;
e se fosse um ato apto libar ao morto 1395
aqui seria justo, mais do que justo,
ele em casa encheu a taça de tantos
males ominosos e voltando ele os bebe.

C. Pasma-nos tua fala pela audácia,
tal palavra ostentas sobre o homem. 1400

Κλ. πειρᾶσθέ μου γυναικὸς ὡς ἀφράσμονος·
ἐγὼ δ' ἀτρέστῳ καρδίᾳ πρὸς εἰδότας
λέγω· σὺ δ' αἰνεῖν εἴτε με ψέγειν θέλεις,
ὁμοῖον· οὗτός ἐστιν Ἀγαμέμνων, ἐμός
πόσις, νεκρὸς δέ, τῆσδε δεξιᾶς χερός   1405
ἔργον, δικαίας τέκτονος. τάδ' ὧδ' ἔχει.

Χο. τί κακόν, ὦ γύναι,   Str.
χθονοτρεφὲς ἐδανὸν ἢ ποτὸν
πασαμένα ῥυτᾶς ἐξ ἁλὸς ὀρόμενον
τόδ' ἐπέθου θύος, δημοθρόους τ' ἀρὰς
ἀπέδικες ἀπέταμες; ἀπόπολις δ' ἔσῃ,   1410
μῖσος ὄβριμον ἀστοῖς.

Κλ. νῦν μὲν δικάζεις ἐκ πόλεως φυγὴν ἐμοί
καὶ μῖσος ἀστῶν δημόθρους τ' ἔχειν ἀράς,
οὐδὲν τότ' ἀνδρὶ τῷδ' ἐναντίον φέρων,
ὃς οὐ προτιμῶν, ὡσπερεὶ βοτοῦ μόρον,   1415
μήλων φλεόντων εὐπόκοις νομεύμασιν,
ἔθυσεν αὑτοῦ παῖδα, φιλτάτην ἐμοί
ὠδῖν', ἐπῳδὸν Θρῃκίων ἀημάτων·
οὐ τοῦτον ἐκ γῆς τῆσδε χρῆν σ' ἀνδρηλατεῖν
μιασμάτων ἄποιν'; ἐπήκοος δ' ἐμῶν   1420
ἔργων δικαστὴς τραχὺς εἶ. λέγω δέ σοι
τοιαῦτ' ἀπειλεῖν, ὡς παρεσκευασμένης
ἐκ τῶν ὁμοίων, χειρὶ νικήσαντ' ἐμοῦ
ἄρχειν· ἐὰν δὲ τοὔμπαλιν κραίνῃ θεός,
γνώσῃ διδαχθεὶς ὀψὲ γοῦν τὸ σωφρονεῖν.   1425

Χο. μεγαλόμητις εἶ,   Ant.
περίφρονα δ' ἔλακες· ὥσπερ οὖν
φονολιβεῖ τύχᾳ φρὴν ἐπιμαίνεται,
λίβος ἐπ' ὀμμάτων αἵματος ἐμπρέπει.
ἄντιτον ἔτι σε χρὴ στερομέναν φίλων
τύμμα τύμμα⟨τι⟩ τεῖσαι.   1430

Cl. Tendes-me por mulher imprudente,
mas eu com intrépido coração vos digo
cientes: tu queres louvar-me ou repreender,
dá no mesmo, eis aí Agamêmnon, meu
esposo, e morto, façanha desta mão   1405
destra, justo artífice. Assim é isto.

C. Ó mulher, que droga provaste   EST. 1
terrestre comível ou potável marinha
e perpetraste este sacrifício
e pragas clamadas do povo
repeliste, rebateste? Serás sem pátria,   1410
pesado é o ódio dos concidadãos.

Cl. Agora me condenas ao exílio do país,
ódio de cidadãos e pragas clamadas do povo,
outrora nada contrapuseste a este homem
que desatento como da sorte de uma rês,   1415
sobejando ovelhas nos lanosos rebanhos,
sacrificou a própria filha, meu dileto
parto, encantador dos ventos trácios.
A ele não devias bani-lo desta terra
punindo poluências? Testemunha de minhas   1420
façanhas tu és áspero juiz. Mas digo-te:
faz tais ameaças cônscio de meu preparo
em iguais condições. Se por força venceres
domina-me; se Deus decidir o contrário,
aprenderás ainda que tarde a ter prudência. 1425

C. Tens soberbos desígnios   ANT. 1
e palavras arrogantes. Assim como
o espírito se turva na cruenta sorte,
estria de sangue se vê nos olhos.
Retaliada, carecida de amigos,
deves ainda pagar golpe por golpe.   1430

Κλ. καὶ τήνδ' ἀκούεις ὁρκίων ἐμῶν θέμιν·
μὰ τὴν τέλειον τῆς ἐμῆς παιδὸς Δίκην,
Ἄτην Ἐρινύν θ', αἷσι τόνδ' ἔσφαξ' ἐγώ,
οὔ μοι φόβου μέλαθρον ἐλπὶς ἐμπατεῖ,
ἕως ἂν αἴθῃ πῦρ ἐφ' ἑστίας ἐμῆς 1435
Αἴγισθος, ὡς τὸ πρόσθεν εὖ φρονῶν ἐμοί·
οὗτος γὰρ ἡμῖν ἀσπὶς οὐ σμικρὰ θράσους.
κεῖται γυναικὸς τῆσδ' ὁ λυμαντήριος,
Χρυσηίδων μείλιγμα τῶν ὑπ' Ἰλίῳ,
ἥ τ' αἰχμάλωτος ἥδε καὶ τερασκόπος 1440
καὶ κοινόλεκτρος τοῦδε, θεσφατηλόγος
πιστὴ ξύνευνος, ναυτίλων δὲ σελμάτων
†ἱστοτρίβης†. ἄτιμα δ' οὐκ ἐπραξάτην·
ὁ μὲν γὰρ οὕτως, ἡ δέ τοι κύκνου δίκην
τὸν ὕστατον μέλψασα θανάσιμον γόον 1445
κεῖται φιλήτωρ τοῦδ', ἐμοὶ δ' ἐπήγαγεν
†εὐνῆς παροψώνημα τῆς ἐμῆς χλιδῆς†.

Χο. φεῦ, τίς ἂν ἐν τάχει μὴ περιώδυνος Str.
μηδὲ δεμνιοτήρης
μόλοι τὸν αἰεὶ φέρουσ' ἐν ἡμῖν 1450
μοῖρ' ἀτέλευτον ὕπνον, δαμέντος
φύλακος εὐμενεστάτου [καὶ]
πολλὰ τλάντος γυναικὸς διαί;
πρὸς γυναικὸς δ' ἀπέφθισεν βίον.

ἰώ·
παράνους Ἑλένα, 1455
μία τὰς πολλάς, τὰς πάνυ πολλὰς
ψυχὰς ὀλέσασ' ὑπὸ Τροίᾳ,
νῦν †δὲ τελείαν† πολύμναστον ἐπηνθίσω
δι' αἷμ' ἄνιπτον· ἦ τις ἦν τότ' ἐν δόμοις 1460
Ἔρις ἐρίδματος ἀνδρὸς οἰζύς.

Κλ. μηδὲν θανάτου μοῖραν ἐπεύχου
τοῖσδε βαρυνθείς·

Cl. Ouves ainda esta lei de meus juramentos,
pela perfectiva Justiça de minha filha,
Erronia e Erínis, a quem eu o imolei.
A Espera não me pisa o palácio de Pavor
enquanto acende fogo em minha lareira 1435
Egisto, benévolo comigo como antes,
o nosso não pequeno escudo de audácia.
Jaz quem ultrajou esta mulher,
quem deleitava as Criseidas em Ílion,
jaz esta prisioneira e adivinha, 1440
sua concubina e profetisa,
fiel consorte e co-usuária dos bancos
do navio, obtiveram ambos o devido,
ele desse modo, ela como o cisne
entoou o último lamento de morte 1445
e jaz amante sua, e trouxe-me
novo sabor a meus prazeres do leito.

C. *Pheû!* Que veloz morte sem dor EST. 2
nem vigília no leito
viria trazendo-nos o eterno 1450
sono intérmino, uma vez morto
o mais benévolo guardião
muito sofrido por uma mulher?
Por uma mulher perdeu a vida.

Ió! EFÍNIO 1
Louca Helena, 1455
única, muitas, muitíssimas
vidas destruíste em Tróia
e agora enfim inolvidável coroaste
por irremível sangue. Havia já no palácio 1460
Rixa enraizada, ruína do homem.

Cl. Não implores o quinhão da morte
acabrunhado por isto,

μηδ' εἰς Ἑλένην κότον ἐκτρέψῃς,
ὡς ἀνδρολέτειρ', ὡς μία πολλῶν   1465
ἀνδρῶν ψυχὰς Δαναῶν ὀλέσασ'
ἀξύστατον ἄλγος ἔπραξεν.

Χο. δαῖμον, ὃς ἐμπίτνεις δώμασι καὶ διφυί-   Ant.
    οισι Τανταλίδαισιν,
κράτος ⟨τ'⟩ ἰσόψυχον ἐκ γυναικῶν   1470
καρδιόδηκτον ἐμοὶ κρατύνεις·
ἐπὶ δὲ σώματος δίκαν [μοι]
κόρακος ἐχθροῦ σταθεῖσ' ἐκνόμως
ὕμνον ὑμνεῖν ἐπεύχεται ⟨ - - ⟩.

Κλ. νῦν δ' ὤρθωσας στόματος γνώμην,   1475
τὸν τριπάχυντον
δαίμονα γέννης τῆσδε κικλήσκων·
ἐκ τοῦ γὰρ ἔρως αἱματολοιχὸς
νείρᾳ τρέφεται· πρὶν καταλῆξαι
τὸ παλαιὸν ἄχος, νέος ἰχώρ.   1480

Χο. ἦ μέγαν †οἴκοις τοῖσδε†   Str.
δαίμονα καὶ βαρύμηνιν αἰνεῖς,
φεῦ φεῦ, κακὸν αἶνον ἀτη-
    ρᾶς τύχας ἀκορέστου·
ἰὼ ἰή, διαὶ Διὸς   1485
παναιτίου πανεργέτα·
τί γὰρ βροτοῖς ἄνευ Διὸς τελεῖται;
τί τῶνδ' οὐ θεόκραντόν ἐστιν;

    ἰὼ ἰὼ βασιλεῦ βασιλεῦ,
    πῶς σε δακρύσω;   1490
    φρενὸς ἐκ φιλίας τί ποτ' εἴπω;
    κεῖσαι δ' ἀράχνης ἐν ὑφάσματι τῷδ'
    ἀσεβεῖ θανάτῳ βίον ἐκπνέων.
    ὤμοι μοι, κοίταν τάνδ' ἀνελεύθερον
    δολίῳ μόρῳ δαμεὶς   1495
    ἐκ χερὸς ἀμφιτόμῳ βελέμνῳ.

      nem voltes a ira contra Helena
      dizendo-a homicida destruidora   1465
      única de muitas vidas de valentes dânaos,
      autora de incurável dor.

C. Ó Nume,que surges no palácio   ANT. 2
      e nos dois natos Tantálidas,
      dominas, por mulheres, com igual   1470
      domínio, cortante de meu coração.
      Ela de pé sobre o corpo
      à maneira de odioso corvo
      alardeia hinear díssono hino.

Cl. Agora corrigiste a sentença da boca,   1475
      ao invocar o Nume
      trinutrido desta estirpe:
      por ele o desejo sanguinolento
      na víscera se cria, antes de cessar
      a antiga dor, novo cruor.   1480

C. Sim, louvas grande Nume   EST. 3
      grave na cólera, neste palácio.
      Pheû pheû! Maligno louvor
      insaciável de funesta sorte!
      Iò ié! Por Zeus causador   1485
      de tudo e de tudo autor!
      O que sem Zeus se dá aos mortais?
      O que não é pelo poder de Deus?

      Iò iò! Nosso rei, nosso rei,   EFÍNIO 2
      como te prantear?   1490
      De espírito amigo, que dizer?
      Nesta teia de aranha repousas
      expirando a vida por ímpia morte.
      Ómoi moi! Neste repouso indigno
      dominado por morte dolosa   1495
      por mão com ancípite arma.

Κλ. αὐχεῖς εἶναι τόδε τοὖργον ἐμὸν
   †μηδ' ἐπιλεχθῇς†
   Ἀγαμεμνονίαν εἶναί μ' ἄλοχον·
   φανταζόμενος δὲ γυναικὶ νεκροῦ   1500
   τοῦδ' ὁ παλαιὸς δριμὺς ἀλάστωρ
   Ἀτρέως χαλεποῦ θοινατῆρος
   τόνδ' ἀπέτεισεν
   τέλεον νεαροῖς ἐπιθύσας.

Χο. ὡς μὲν ἀναίτιος εἶ   Ant.
   τοῦδε φόνου τίς ὁ μαρτυρήσων;   1506
   πῶ πῶ; πατρόθεν δὲ συλλή-
      πτωρ γένοιτ' ἂν ἀλάστωρ·
   βιάζεται δ' ὁμοσπόροις
   ἐπιρροαῖσιν αἱμάτων   1510
   μέλας Ἄρης, ὅποι δίκαν προβαίνων
   πάχνᾳ κουροβόρῳ παρέξει.

      ἰὼ ἰὼ βασιλεῦ βασιλεῦ,
      πῶς σε δακρύσω;
      φρενὸς ἐκ φιλίας τί ποτ' εἴπω;   1515
      κεῖσαι δ' ἀράχνης ἐν ὑφάσματι τῷδ'
      ἀσεβεῖ θανάτῳ βίον ἐκπνέων.
      ὤμοι μοι, κοίταν τάνδ' ἀνελεύθερον
      δολίῳ μόρῳ δαμεὶς
      ἐκ χερὸς ἀμφιτόμῳ βελέμνῳ.   1520

Κλ. οὔτ' ἀνελεύθερον οἶμαι θάνατον τῷδε γενέσθαι,
   ⟨δόλιόν τε λαχεῖν μόρον οὐκ ἀδίκως·⟩
   οὐδὲ γὰρ οὗτος δολίαν ἄτην
   οἴκοισιν ἔθηκ';
   ἀλλ' ἐμὸν ἐκ τοῦδ' ἔρνος ἀερθὲν   1525
   τὴν πολυκλαύτην Ἰφιγένειαν
   ⟨. . . . .⟩
   ἄξια δράσας
   ἄξια πάσχων μηδὲν ἐν Ἅιδου

Cl. Julgas ser minha esta façanha
mas não contes que seja
eu a esposa de Agamêmnon,
mas, na figura da mulher deste morto, 1500
o antigo áspero Nume, sem oblívio
de Atreu cruel festeiro,
fez deste homem feito a paga
dos jovens, noutro sacrifício.

C. Quem será testemunha ANT. 3
de tua inocência desta morte? 1506
Como? Como? Do pai proviria
cooperante o Nume sem oblívio.
O negro Ares age violento
com novos congêneres fluxos 1510
de sangue por onde prosseguindo
fará justiça ao coalho voraz de jovens.

Iò iò! Nosso rei, nosso rei, EFÍNIO 2
como te prantear?
De espírito amigo, que dizer? 1515
Nesta teia de aranha repousas
expirando a vida por ímpia morte.
Ómoi moi! Neste repouso indigno
dominado sob doloso golpe
por mão com ancípite arma. 1520

Cl. Não creio que teve indigna morte,
[não é injusto ter dolosa morte.]
Neste palácio não perpetrou
dolosa erronia? Contudo,
ao meu rebento dele brotado, 1525
à pranteada Ifigênia,
[.   .   .   .]
Ele fez o que é digno,
sofreu o que é digno e no Hades

    μεγαλαυχείτω, ξιφοδηλήτω
    θανάτω τείσας άπερ ήρξεν.

Χο. ἀμηχανῶ φροντίδος στερηθεὶς   Str.
    εὐπάλαμον μέριμναν   1531
    ὅπᾳ τράπωμαι, πίτνοντος οἴκου·
    δέδοικα δ' ὄμβρου κτύπον δομοσφαλῆ
    τὸν αἱματηρόν· ψακὰς δὲ λήγει.
    Δίκα δ' ἐπ' ἄλλο πρᾶγμα θήγεται βλάβης   1535
    πρὸς ἄλλαις θηγάναισι Μοίρας.

        ἰὼ γᾶ γᾶ, εἴθ' ἔμ' ἐδέξω,
        πρὶν τόνδ' ἐπιδεῖν ἀργυροτοίχου
        δροίτης κατέχοντα χάμευναν.   1540
        τίς ὁ θάψων νιν; τίς ὁ θρηνήσων;
        ἦ σὺ τόδ' ἔρξαι τλήσῃ, κτείνασ'
        ἄνδρα τὸν αὑτῆς ἀποκωκῦσαι
        ψυχῇ τ' ἄχαριν χάριν ἀντ' ἔργων   1545
        μεγάλων ἀδίκως ἐπικρᾶναι;
        τίς δ' ἐπιτύμβιον αἶνον ἐπ' ἀνδρὶ θείῳ
        σὺν δακρύοις ἰάπτων
        ἀληθείᾳ φρενῶν πονήσει;   1550

Κλ. οὐ σὲ προσήκει τὸ μέλημ' ἀλέγειν
    τοῦτο· πρὸς ἡμῶν
    κάππεσε κάτθανε καὶ καταθάψομεν,
    οὐχ ὑπὸ κλαυθμῶν τῶν ἐξ οἴκων,
    ἀλλ' Ἰφιγένειά νιν ἀσπασίως   1555
    θυγάτηρ, ὡς χρή,
    πατέρ' ἀντιάσασα πρὸς ὠκύπορον
    πόρθμευμ' ἀχέων
    περὶ χεῖρα βαλοῦσα φιλήσει.

Χο. ὄνειδος ἥκει τόδ' ἀντ' ὀνείδους,   Ant.
    δύσμαχα δ' ἐστὶ κρῖναι·   1561
    φέρει φέροντ', ἐκτίνει δ' ὁ καίνων·

não alardeie, com ensífera morte
  ele pagou o que começou.

C. Falto de engenhosa diligência   EST. 4
  do pensamento, não sei   1531
  aonde me volte ao cair o palácio.
  Temo o fragor sangrento da chuva
  ruinoso ao palácio, parou a garoa.
  Justiça se aguça para outro dano   1535
  nas aguçadeiras do quinhão.

  Iò! Terra! Terra! Tivesses-me aceito   EFÍNIO 3
  antes de vê-lo colhido no leito
  rasteiro de prateada banheira!   1540
  Quem o sepultará? Quem o carpirá?
  Ousarás fazê-lo: massacradora
  do próprio marido, pranteá-lo
  e sem justiça pelas grandes proezas   1545
  celebrar ao espírito ingrata graça?
  Quem ao proferir com lágrimas
  elogio fúnebre ao homem divino
  trabalhará com verdade cordial?   1550

Cl. Não te convém cogitar
  deste cuidado. Por nós
  tombou, morreu e sepultaremos
  não com lamúrias dos da casa,
  mas a filha Ifigênia   1555
  acolherá como é preciso;
  ao ter-se com o pai ao veloz
  curso fluvial das aflições,
  abraçando-o beijará.

C. Opróbrio aqui se opõe a opróbrio,   ANT. 4
  difícil de discernir.   1561
  Pêgo quem pega, quem mata paga.

μίμνει δὲ μίμνοντος ἐν θρόνῳ Διὸς
παθεῖν τὸν ἔρξαντα· θέσμιον γάρ.
τίς ἂν γονὰν ἀραῖον ἐκβάλοι δόμων; 1565
κεκόλληται γένος πρὸς ἄτᾳ.

Κλ. ἐς τόνδ' ἐνέβης ξὺν ἀληθείᾳ
χρησμόν· ἐγὼ δ' οὖν
ἐθέλω δαίμονι τῷ Πλεισθενιδᾶν
ὅρκους θεμένη τάδε μὲν στέργειν 1570
δύστλητά περ ὄνθ', ὃ δὲ λοιπόν, ἰόντ'
ἐκ τῶνδε δόμων ἄλλην γενεὰν
τρίβειν θανάτοις αὐθένταισιν·
κτεάνων δὲ μέρος βαιὸν ἐχούσῃ
πᾶν ἀπόχρη μοι μανίας μελάθρων 1575
ἀλληλοφόνους ἀφελούσῃ.

     Detendo o trono Zeus,
     sofre quem faz: essa é lei.
     Quem baniria do palácio o nefasto grão?   1565
     Atrelou-se a estirpe à perdição.

Cl. Com toda verdade entraste
     neste oráculo. Eu, tendo feito o pacto
     com o Nume dos Plistênidas,
     quero contentar-me com isto,   1570
     ainda que árduo, e no porvir
     vá deste palácio e a outra gente
     aflija com o massacre dos seus.
     Breve parte das posses
     basta-me, se afasto do palácio   1575
     a loucura das mortes mútuas.

ΑΙΓΙΣΘΟΣ

ὦ φέγγος εὖφρον ἡμέρας δικηφόρου·
φαίην ἂν ἤδη νῦν βροτῶν τιμαόρους
θεοὺς ἄνωθεν γῆς ἐποπτεύειν ἄχη,
ἰδὼν ὑφαντοῖς ἐν πέπλοις Ἐρινύων　　　　　　1580
τὸν ἄνδρα τόνδε κείμενον φίλως ἐμοί
χερὸς πατρῴας ἐκτίνοντα μηχανάς.
Ἀτρεὺς γὰρ ἄρχων τῆσδε γῆς, τούτου πατήρ,
πατέρα Θυέστην τὸν ἐμόν, ὡς τορῶς φράσαι,
αὑτοῦ δ' ἀδελφόν, ἀμφίλεκτος ὢν κράτει,　　　1585
ἠνδρηλάτησεν ἐκ πόλεώς τε καὶ δόμων·
καὶ προστρόπαιος ἑστίας μολὼν πάλιν
τλήμων Θυέστης μοῖραν ηὕρετ' ἀσφαλῆ,
τὸ μὴ θανὼν πατρῷον αἱμάξαι πέδον
αὐτοῦ· ξένια δὲ τοῦδε δύσθεος πατὴρ　　　　　1590
Ἀτρεύς, προθύμως μᾶλλον ἢ φίλως, πατρὶ
τὠμῷ, κρεουργὸν ἦμαρ εὐθύμως ἄγειν
δοκῶν, παρέσχε δαῖτα παιδείων κρεῶν.
τὰ μὲν ποδήρη καὶ χερῶν ἄκρους κτένας
†ἔθρυπτ' ἄνωθεν ἀνδρακὰς καθήμενος†　　　　1595
ἄσημα δ' αὐτῶν αὐτίκ' ἀγνοίᾳ λαβὼν
ἔσθει, βορὰν ἄσωτον, ὡς ὁρᾷς, γένει·
κἄπειτ' ἐπιγνοὺς ἔργον οὐ καταίσιον
ᾤμωξεν, ἀμπίπτει δ' ἀπὸ σφαγὴν ἐρῶν,
μόρον δ' ἄφερτον Πελοπίδαις ἐπεύχεται,　　　1600
λάκτισμα δείπνου ξυνδίκως τιθεὶς ἀρᾷ·
οὕτως ὀλέσθαι πᾶν τὸ Πλεισθένους γένος.
ἐκ τῶνδέ σοι πεσόντα τόνδ' ἰδεῖν πάρα·
κἀγὼ δίκαιος τοῦδε τοῦ φόνου ῥαφεύς·
τρίτον γὰρ ὄντα μ' †ἐπὶ δέκ'† ἀθλίῳ πατρὶ　　1605
συνεξελαύνει τυτθὸν ὄντ' ἐν σπαργάνοις·
τραφέντα δ' αὖθις ἡ Δίκη κατήγαγεν

ÚLTIMO EPISÓDIO

E. Ó luz benévola do dia justiceiro,
já diria hoje que vingadores de mortais
Deuses velam do alto as dores da terra,
ao ver este homem para o meu deleite   1580
jazer no urdido manto das Erínies,
em paga de ardis da paterna mão.
Atreu, seu pai, mandante desta terra,
baniu da cidadela e do palácio
o meu pai Tieste, para falar claro: 1585
o seu irmão, por disputa de poder.
E ao regressar, suplicante na lareira,
o mísero Tieste descobre sorte segura
de não ensangüentar morto o pátrio chão
ali mesmo. Na hospedagem, o pai deste,   1590
o ímpio Atreu, mais cúpido que amigo,
parecendo cordial no dia de cortar carnes,
a meu pai deu de comer carne dos filhos.
Os pés e os pentes nas pontas das mãos
ocultava longe invisíveis aos sentados   1595
um por um e ele ignorante aceita e come,
prato sem salvação, como vês, para a prole.
Depois ao reconhecer a proeza indigna
chorou e cai de costas vomitando carnes
e impreca intolerável morte aos Pelópidas   1600
dando um coice na mesa ao praguejar:
"assim pereça toda a prole de Plístenes!"
Por isso tu podes vê-lo caído aqui;
sou com justiça o tecelão desta morte:
décimo terceiro filho com o mísero pai   1605
exila-me na infância ainda enfaixado,
adulto a Justiça trouxe-me de volta

καὶ τοῦδε τἀνδρὸς ἡψάμην θυραῖος ὤν,
πᾶσαν συνάψας μηχανὴν δυσβουλίας.
οὕτω καλὸν δὴ καὶ τὸ κατθανεῖν ἐμοί,   1610
ἰδόντα τοῦτον τῆς Δίκης ἐν ἕρκεσιν.

Χο. Αἴγισθ', ὑβρίζοντ' ἐν κακοῖσιν οὐ σέβω·
σὺ δ' ἄνδρα τόνδε φῂς ἑκὼν κατακτανεῖν,
μόνος δ' ἔποικτον τόνδε βουλεῦσαι φόνον·
οὔ φημ' ἀλύξειν ἐν δίκῃ τὸ σὸν κάρα   1615
δημορριφεῖς, σάφ' ἴσθι, λευσίμους ἀράς.

Αι. σὺ ταῦτα φωνεῖς, νερτέρᾳ προσήμενος
κώπῃ, κρατούντων τῶν ἐπὶ ζυγῷ δορός;
γνώσῃ γέρων ὢν ὡς διδάσκεσθαι βαρύ
τῷ τηλικούτῳ, σωφρονεῖν εἰρημένον·   1620
δεσμὸς δὲ καὶ τὸ γῆρας αἵ τε νήστιδες
δύαι διδάσκειν ἐξοχώταται φρενῶν
ἰατρομάντεις. οὐχ ὁρᾷς ὁρῶν τάδε;
πρὸς κέντρα μὴ λάκτιζε, μὴ παίσας μογῇς.

Χο. γύναι, σὺ τοὺς ἥκοντας ἐκ μάχης μένων   1625
οἰκουρὸς εὐνὴν ἀνδρὸς αἰσχύνων ἅμα
ἀνδρὶ στρατηγῷ τόνδ' ἐβούλευσας μόρον;

Αι. καὶ ταῦτα τἄπη κλαυμάτων ἀρχηγενῆ·
Ὀρφεῖ δὲ γλῶσσαν τὴν ἐναντίαν ἔχεις·
ὁ μὲν γὰρ ἦγε πάντ' ἀπὸ φθογγῆς χαρᾷ,   1630
σὺ δ' ἐξορίνας νηπίοις ὑλάγμασιν
ἄξῃ· κρατηθεὶς δ' ἡμερώτερος φανῇ.

Χο. ὡς δὴ σύ μοι τύραννος Ἀργείων ἔσῃ,
ὃς οὐκ, ἐπειδὴ τῷδ' ἐβούλευσας μόρον,
δρᾶσαι τόδ' ἔργον οὐκ ἔτλης αὐτοκτόνως.   1635

Αι. τὸ γὰρ δολῶσαι πρὸς γυναικὸς ἦν σαφῶς·
ἐγὼ δ' ὕποπτος ἐχθρὸς ἦ παλαιγενής.
ἐκ τῶν δὲ τοῦδε χρημάτων πειράσομαι

e estando fora pus a mão neste homem
ao tramar todo o ardil do conluio.
Assim é belo para mim a morte mesma 1610
após ver este homem nas redes da Justiça.

C. Egisto, não venero soberbia de malfeitores.
Dizes: mataste de bom grado este homem,
e tramaste a sós esta deplorável morte;
digo: com Justiça não livrarás tua cabeça 1615
de pétreas pragas do povo, bem o sabe.

E. Assim falas tu, sentado junto ao remo
ínfero, quando mandam os do convés?
Conhecerás velho que grave é aprender
nessa idade, quando se diz prudência. 1620
Prisão e dores de fome também para velhos
são exímios mestres do espírito,
médicos adivinhos. Não vês ao ver isto?
Não coiceies o aguilhão, não te doa bater.

C. Mulher, à espera dos que vêm da batalha 1625
em casa conspurcando o leito do marido
tramaste este massacre do estratego?

E. Essas palavras são princípio de pranto.
Tens a língua contrária à de Orfeu:
ele com a voz levava tudo à alegria, 1630
tu exasperando-me com tolos ladridos
és levado à prisão. Batido amansarás.

C. Como se me fosses o tirano de Argos,
tu que ao tramares o massacre deste
nem ousaste executá-lo com a tua mão. 1635

E. Claro que o ardil pertencia à mulher,
eu era um suspeito antigo inimigo.
Mas com as riquezas dele dominarei

ἄρχειν πολιτῶν· τὸν δὲ μὴ πειθάνορα
ζεύξω βαρείαις, οὔτι μὴ σειραφόρον　　　　　　　1640
κριθῶντα πῶλον, ἀλλ' ὁ δυσφιλὴς σκότῳ
λιμὸς ξύνοικος μαλθακόν σφ' ἐπόψεται.

Χο.　τί δὴ τὸν ἄνδρα τόνδ' ἀπὸ ψυχῆς κακῆς
　　　οὐκ αὐτὸς ἠνάριζες, ἀλλὰ σὺν γυνή,
　　　χώρας μίασμα καὶ θεῶν ἐγχωρίων,　　　　　1645
　　　ἔκτειν'; Ὀρέστης ἆρά που βλέπει φάος,
　　　ὅπως κατελθὼν δεῦρο πρευμενεῖ τύχῃ
　　　ἀμφοῖν γένηται τοῖνδε παγκρατὴς φονεύς.

Αι.　ἀλλ' ἐπεὶ δοκεῖς τάδ' ἔρδειν καὶ λέγειν, γνώσῃ τάχα.

Χο.　εἶα δή, φίλοι λοχῖται, τοὔργον οὐχ ἑκὰς τόδε.　1650

Αι.　εἶα δή, ξίφος πρόκωπον πᾶς τις εὐτρεπιζέτω.

Χο.　ἀλλὰ κἀγὼ μὴν πρόκωπος, οὐδ' ἀναίνομαι θανεῖν.

Αι.　δεχομένοις λέγεις θανεῖν γε· τὴν τύχην δ' αἱρούμεθα.

Κλ.　μηδαμῶς, ὦ φίλτατ' ἀνδρῶν, ἄλλα δράσωμεν κακά·
　　　ἀλλὰ καὶ τάδ' ἐξαμῆσαι πολλά, δύστηνον θέρος·　1655
　　　πημονῆς δ' ἅλις γ' ὑπάρχει· μηδὲν αἱματώμεθα.
　　　†στείχετε δ' οἵ† γέροντες πρὸς δόμους [πεπρωμένους
　　　　　τούσδε]
　　　πρὶν παθεῖν ἔρξαντα· κυροῦν χρὴ τάδ' ὡς ἐπράξαμεν·
　　　εἰ δέ τοι μόχθων γένοιτο τῶνδ' †ἅλις†, δεχοίμεθ' ἄν,
　　　δαίμονος χηλῇ βαρείᾳ δυστυχῶς πεπληγμένοι.　1660
　　　ὧδ' ἔχει λόγος γυναικός, εἴ τις ἀξιοῖ μαθεῖν.

Αι.　ἀλλὰ τούσδ' ἐμοὶ ματαίαν γλῶσσαν ὧδ' †ἀπανθίσαι†
　　　κἀκβαλεῖν ἔπη τοιαῦτα δαίμονος πειρωμένους,
　　　σώφρονος γνώμης δ' ἁμαρτεῖν τὸν κρατοῦντά ⟨θ' ὑβρίσαι⟩.

os cidadãos. Quem não se persuadir
subjugarei à força, não será nutrido   1640
potro às soltas, mas desamada fome
vizinha das trevas há de vê-lo quieto.

C. Por que não o mataste tu pusilânime,
    tu mesmo? Por que junto a mulher,
    poluência do país e dos Deuses pátrios,   1645
    o matou ? Orestes algures vê a luz,
    há de regressar com próspera sorte
    e vitorioso matar a ambos os dois.

E. Se pensas assim fazer e falar, logo verás.

C. Eia, minha guarda, não tarda a ação!   1650

E. Eia, empunhem a espada, preparados!

C. Empunho também, não recuso morrer.

E. Dizes morrer, seja! Aceitamos a sorte.

Cl. Não, querido, não façamos novos males,
    até isto é muito a colher, mísera safra.   1655
    É demais a dor, não ensangüentemos.
    Ide, anciãos, a vossas casas: não sofrais

    por vossos feitos, era devido o que fizemos.
    Bastassem-nos estas dores, suportaríamos
    míseros feridos por grave garra de Nume.   1660
    Assim fala mulher, se merece ouvidos.

E. Mas colherem-me assim flores de língua vã
    e lançarem tais palavras a tentar o Nume,
    falharem a prudência e ultrajarem o poder!

219

Χο. οὐκ ἂν Ἀργείων τόδ' εἴη, φῶτα προσσαίνειν κακόν. 1665

Αι. ἀλλ' ἐγώ σ' ἐν ὑστέραισιν ἡμέραις μέτειμ' ἔτι.

Χο. οὔκ, ἐὰν δαίμων Ὀρέστην δεῦρ' ἀπευθύνῃ μολεῖν.

Αι. οἶδ' ἐγὼ φεύγοντας ἄνδρας ἐλπίδας σιτουμένους.

Χο. πρᾶσσε, πιαίνου, μιαίνων τὴν δίκην, ἐπεὶ πάρα.

Αι. ἴσθι μοι δώσων ἄποινα τῆσδε μωρίας χάριν. 1670

Χο. κόμπασον θαρσῶν, ἀλέκτωρ ὥστε θηλείας πέλας.

Κλ. μὴ προτιμήσῃς ματαίων τῶνδ' ὑλαγμάτων· ⟨ἐγώ⟩
καὶ σὺ θήσομεν κρατοῦντε τῶνδε δωμάτων ⟨καλῶς⟩.

=====

C. Não seria de argivos adularem um covarde. 1665

E. Mas em dias vindouros ainda te punirei.

C. Não, se o Nume conduzir Orestes para cá.

E. Sei que exilados se nutrem de esperanças.

C. Cumpre, frui conspurcando justiça, por ora.

E. Sabe que me pagarás por esta estultícia. 1670

C. Brada ousado como galo junto a galinha

Cl. Não cuides mais destes vãos latidos. Eu
e tu no poder bem disporemos do palácio.

REFERÊNCIAS BIBLIOGRÁFICAS

Edições Consultadas

AESCHYLI. *Septem quae supersunt tragoediae*, Denys Page (ed.). Oxford: Clarendon, 1972.

_____. *Tragoediae cum incerti poetae Prometheo*, Martin L. (ed.). West Stuttgart: Teubner, 1990.

AESCHYLUS. *Agamemnon*. J.D. Denniston e Dennys Page eds., (intro. e com.). Oxford: Clarendon, 1957.

_____. *Agamemnon*, 3 v., Eduard Frankel (ed., com.). Oxford: Clarendon, 1950.

ESCHYLE. *Agamemnon. Les Choéphores. Les Euménides*. Paul Mazon (trad.). Paris: Les Belles Lettres, 1952.

_____. *L'Agamemnon d'Eschyle. Le texte et ses interpretations*, Jean Bollack et Pierre de La Combe (eds.). Cahiers de Philologie, v. 6, 7 e 8. Lille: Maison de Sciences des Homme, 1981-2.

Autores consultados

BOLLAC, J. "Le thrène de Cassandre", *R.É.G.* XCIV, 1981, n. 445-6, pp. 1-13.

COHEN, David. "The theodicy of Aeschylus: justice and tirany in the Oresteia", *G. and R.* XXXIII, n. 2 oct. 1986.

DOVER, K.J. "Some neglected aspects of Agamemnon's dilemma". *JHS*, CXCIII, 1973.

EASTERLING, P.E. "Anachronism in Greek Tragedy", *J.H.S.* CV, 1985.

GAGARIN, Michael. *Aeschylean Drama*. Berkeley/Los Angeles, 1976.

GANNON, J.F. "La mort a la guerre dans l'Agamemnon d'Eschyle". *R.É.G.* n. 401-403, jui.-déc. 1971.

GRUBE, G.M.A. "Zeus in Aeschylus", *American Journal of Philology*, XCI, 1, 1970.

KONISHI, Haruo. "Agamemnon's reasons for yielding", *American Journal of Philology*, 110, 1982, pp. 210-222.

_____. *The Plot of Aeschylus' Oresteia: a Literary Commentary*. Amsterdam: Hakkert, 1990.

LINN-GEORGE, M. "A reflection on homeric dawn in the parodos of Aeschylus Agamemnon", *Classical Quartely* 43, 1993.

LLOYD-JONES, Hugh. "The guilt of Agamemnon", *The Classical Quartely*. XII, 2, nov. 1962.

_____. *The Justice of Zeus*. Berkeley: University of California, 1971.

_____. "Zeus in Aeschylus", *J.H.S*. LXXVI. 1956.

MACLEOD, C.W. "Politics and the Oresteia", *J.H.S*. LXXVI, 1959.

MARQUES, Marcelo P.A. "Áte de Agamênon", *Textos de Cultura Clássica* n. 10, jul. 1990, Sociedade Brasileira de Estudos Clássicos.

MEIER, Christian. *De la Tragédie Grecque comme Art Politique*, Marielle Carlier (trad.). Paris: Les Belles Lettres, 1991.

OTTO, Walter F. "Olympian Deities", *The Homeric Gods*, Moses Hadas (trad.). London: Thames and Hudson, 1979.

_____. "Myth and cult", *Dionysos. Myth and Cult*. R.B. Palmer (trad.). Bloomington: Indiana University, 1965.

POOL, E.H. "Cytemnestra's first entrance in Aeschylus' Agamemnon. Analysis of a controversy", *Mnemosyne*, v. XXXVI, f. 1-2 (1983).

POPE, Maurice. "Merciful Heavens?", *J.H.S*. 94, 1974.

REEVES, Charles H. "The parodos of the Agamemnon", *The Classical Journal*, v. 55, 1959-60.

RIVIER, André. "Remarques sur le Nécessaire et la Nécessité chez Eschyle", *R.É.G*. LXXXI, n. 384-385, jan.-jui. 1968.

ROMILLY, Jacqueline de. "La notion de nécessité dans l'Histoire de Thucydide", *Rencontres avec la Grèce ancienne*. Paris: Fallois, 1995.

_____. *La tragédie grecque*. Paris: PUF, 1982.

ROUX, Georges. "Sur quelques passages obscurs de L'Agamemnon", *R.É.G*. n. 394-395, jan.-jui. 1970.

SCHEIN, Seth L. "The Cassandra Scene in Aeschylus' Agamemnon", *G. and R*., v. XXIX, n. 1, apr. 1982.

SOLMSEN, Friedrich. "Artemis in Agamemnon: a P.-S", *American Journal of Philology*, 101, 1980.

TYRRELL, W.M.B. "Zeus and Agamemnon at Aulis", *The Classical Journal*, 71, n. 4, apr.-may 1976.

VAUGHN, John W. "The watchman of Agamemnon", *The Classical Journal*, v. 71, n. 4, apr.-may 1976, pp. 335-8.

VERNANT, Jean-Pierre. "Ártemis ou as Fronteiras do Outro", *A Morte nos olhos*, Clóvis Marques (trad.). Rio de Janeiro: Zahar, 1988.

VERNANT, Jean-Pierre e VIDAL-NAQUET, Pierre. *Mito e tragédia na Grécia Antiga*, v. I e II, A. L.A. Almeida Prado *et alii* (trads.). São Paulo: Perspectiva, 1999.

WALLON, William. "Why is Artemis angry?", *American Journal of Philology*, LXXXII, n. 325, 1961.

CADASTRO
ILUMI//URAS

Para receber informações
sobre nossos lançamentos e
promoções envie e-mail para:

cadastro@iluminuras.com.br

A *Iluminuras* dedica suas publicações à memória
de sua sócia Beatriz Costa [1957-2020] e a de seu
pai Alcides Jorge Costa [1925-2016].